きみと100年《ねん》分《ぶん》の恋《こい》をしよう

きみと100年《ねん》の恋《こい》

折原《おりはら》みと／作　フカヒレ／絵

講談社 青い鳥文庫

もくじ

おもな登《とう》場《じょう》人《じん》物《ぶつ》……4
これまでのお話《はなし》……6
1 闘《たたか》いの始《はじ》まり……8
2 友《ゆう》情《じょう》が生《う》まれた場《ば》所《しょ》……23
3 思《おも》い出《で》めぐり……38
4 恋《こい》の音《おと》……47
5 自《じ》分《ぶん》を信《しん》じる……56
6 勇《ゆう》気《き》と友《ゆう》情《じょう》……71
7 かけがえのない人《ひと》……85

8 リスク……96
9 未来《みらい》の約束《やくそく》……102
10 しあわせな夢《ゆめ》……119
11 新《あたら》しい時間《じかん》……124
12 誕生日《バースデー》デート……133
13 観覧車《かんらんしゃ》の中《なか》で……142
14 十六歳《さい》のプロポーズ……152
15 ハッピーニューイヤー……160
16 きみと100年《ねん》の恋《こい》……174
あとがき……188
Special《スペシャル》おまけ 100《ひゃっ》恋《こい》思《おも》い出《で》のアルバム……192

おもな登《とう》場《じょう》人《じん》物《ぶつ》

楠《くす》本《もと》伊《い》吹《ぶき》

天音《あまね》の彼《かれ》。あるつらい「過《か》去《こ》」を、天音《あまね》のおかげで乗《の》りこえた。難関校《なんかんこう》の鎌倉南高校《かまくらみなみこうこう》に、天音《あまね》、栞《しおり》と一緒《いっしょ》に進学《しんがく》。部活《ぶかつ》は弓道部《きゅうどうぶ》。天音《あまね》をとても大切《たいせつ》に思《おも》っている。

鈴《すず》原《はら》天《あま》音《ね》

高《こう》1。中《ちゅう》1で、小児脳腫瘍《しょうにのうしゅよう》という病《びょう》気《き》の手術《しゅじゅつ》を受《う》けた。3年生存率《ねんせいぞんりつ》70パーセントの事実《じじつ》を前《まえ》に、前向《まえむ》きに生《い》きようと決意《けつい》。受験勉強《じゅけんべんきょう》をがんばって、大好《だいす》きな伊吹《いぶき》と同《おな》じ難《なん》関高校《かんこうこう》に進学《しんがく》した。弓道部《きゅうどうぶ》。

永瀬《ながせ》柚月《ゆづき》

天音《あまね》、伊吹《いぶき》、栞《しおり》とは中学時代《ちゅうがくじだい》からの仲《なか》よし4人組《にんぐみ》。栞《しおり》の彼《かれ》。中学時代《ちゅうがくじだい》は野球《やきゅう》部《ぶ》の副《ふく》キャプテンだったが、ケガで陸上《りくじょう》に転向《てんこう》。3人《にん》とは違《ちが》う高校《こうこう》に進学《しんがく》した。

佐川《さがわ》 栞《しおり》

天音《あまね》の親友《しんゆう》。頭《あたま》がよくていつも冷静《れいせい》。自分《じぶん》の考《かんが》えをしっかり持《も》っている。天音《あまね》、伊吹《いぶき》と同《おな》じ高校《こうこう》へ進学《しんがく》した。

御園《みその》梗介《きょうすけ》

天音《あまね》の同級生《どうきゅうせい》。小学校《しょうがっこう》の時《とき》、伊吹《いぶき》と同《おな》じ空手《からて》道場《どうじょう》に通《かよ》っていた。伊吹《いぶき》のことが好《す》きで告白《こくはく》した。

月島《つきしま》莉子《りこ》

天音《あまね》と同《おな》じクラスのオシャレ女子《じょし》。天音《あまね》たちと同《おな》じ弓道部《きゅうどうぶ》。御園《みその》が好《す》きで告白《こくはく》した。

これまでのお話《はなし》

わたし、鈴原天音《すずはらあまね》。高《こう》1。
病気《びょうき》の再発《さいはつ》の可能性《かのうせい》があって、
3年後《ねんご》生《い》きていられるか
わからない。だから、中《ちゅう》2で
横浜《よこはま》に転校《てんこう》したのをキッカケに、
前向《まえむ》きに明《あか》るく生《い》きようって
決《き》めたんだ。

中《ちゅう》2の春《はる》、転校初日《てんこうしょにち》、
伊吹《いぶき》くんに出会《であ》ったの。
ドキッとした。
大人《おとな》っぽくて、カッコよくて。
ふたりでクラス委員《いいん》を
することになって。

わたしたちの心《こころ》は、
すこしずつ通《かよ》いあって……。
中《ちゅう》2の秋《あき》、伊吹《いぶき》くんから
「告白《こくはく》」してくれたの！
もう夢《ゆめ》みたい♡

高《こう》1の夏休《なつやす》み、弓道部《きゅうどうぶ》のはじめての合宿《がっしゅく》。莉子《りこ》ちゃんは「和風王子《わふうおうじ》」の御園《みその》くんに告白《こくはく》するって決意《けつい》！　でも御園《みその》くんが好《す》きなのは伊吹《いぶき》くんなんだよね……

莉子《りこ》ちゃんは失恋《しつれん》。そして今度《こんど》は御園《みその》くんが伊吹《いぶき》くんに告白《こくはく》！　伊吹《いぶき》くんは「天音《あまね》が好《す》きだから、応《こた》えられない」って言《い》ってくれたの。

シアワセがつづくと信《しん》じてた夏《なつ》の終《お》
り、告《つ》げられたのは、まさかの病気《びょうき》
「再発《さいはつ》」。神《かみ》さま、この時間《じかん》はもう
ぐ終《お》わってしまうの……？

つづきは小説《しょうせつ》を
楽《たの》しんでね！♡

1 闘《たたか》いの始《はじ》まり

ゴトン、ゴトン……
ゆったりと、規則正《きそくただ》しい振動《しんどう》が心地《ここち》いい。
いつもの、朝《あさ》の通学電車《つうがくでんしゃ》。
二学期《がっき》が始《はじ》まって、十日《とおか》あまり。
電車《でんしゃ》に揺《ゆ》られる高校生《こうこうせい》たちの顔《かお》は、まだ夏休《なつやす》みの名残《なごり》をとどめている。
日焼《ひや》けした頬《ほお》。
白《しろ》いシャツからのぞく小麦色《こむぎいろ》の肌《はだ》。
楽《たの》しかったよね、夏《なつ》。
高一《こう》の夏《なつ》は、わたしにとっても、忘《わす》れられない季節《きせつ》になった。

わたし、鈴原天音《すずはらあまね》。

神奈川県立鎌倉南高校《かながわけんりつかまくらみなみこうこう》、一年生《ねんせい》。

中二《ちゅう》の春《はる》に、長野県《ながのけん》から、この神奈川県《かながわけん》の横浜市《よこはまし》に引《ひ》っこしてきたの。

海《うみ》のない町《まち》で育《そだ》ったわたしが、今《いま》では、鎌倉《かまくら》の海《うみ》の見《み》える高校《こうこう》に通《かよ》ってるなんて、夢《ゆめ》みたい。

家《いえ》から鎌倉駅《かまくらえき》までは、バス。

鎌倉駅《かまくらえき》で、通称《つうしょう》「江ノ電《えのでん》」と呼《よ》ばれる江《え》ノ島電鉄《しまでんてつ》に乗《の》りかえるの。

江《え》ノ電《でん》は、鎌倉駅《かまくらえき》から藤沢駅《ふじさわえき》までの約《やく》十キロ間《かん》を、三十分《ぷん》ちょっとかけて走《はし》るローカル電車《でんしゃ》。

単線《たんせん》の路線《ろせん》で、場所《ばしょ》によっては、沿線《えんせん》の住宅《じゅうたく》がすごく近《ちか》いんだよ。

鎌倉駅《かまくらえき》を出発《しゅっぱつ》した電車《でんしゃ》が、住宅地《じゅうたくち》のあいだをすり抜《ぬ》けるように走《はし》っていくと、稲村ケ崎《いなむらがさき》駅《えき》をすぎたあたりで、左側《ひだりがわ》の視界《しかい》が急《きゅう》に開《ひら》けて、海《うみ》が見《み》えるの！

だからわたしは、いつも左側《ひだりがわ》のドアの横《よこ》に立《た》つ。

窓《まど》の外《そと》に、銀色《ぎんいろ》に輝《かがや》く朝《あさ》の海《うみ》が広《ひろ》がる瞬間《しゅんかん》が、大好《だいす》きなんだ。

高校《こうこう》に入学《にゅうがく》して五か月《げつ》たっても、この光景《こうけい》を見《み》あきることはない。
でも……、
この海《うみ》も、しばらく見《み》ることができなくなるんだけど。

「海《うみ》の色《いろ》が、変《か》わってきたよね。」

「え？　そう？」

わたしの言葉《ことば》に、栞《しおり》が窓《まど》の外《そと》に目《め》を移《うつ》す。

栞《しおり》……こと、「親友《しんゆう》」の佐川栞《さがわしおり》。

小柄《こがら》で色白《いろじろ》で、ショートボブのかわいい女《おんな》の子《こ》。

「ああ、わかる！　夏《なつ》とはなんかちがうんだよな。」

栞《しおり》のとなりでうなずいたのは、背《せ》の高《たか》いスポーツマンタイプの男《おとこ》の子《こ》。

栞《しおり》の「彼《かれ》」、永瀬柚月《ながせゆづき》くん。

「へー、柚月《ゆづき》に、そんな繊細《せんさい》な感性《かんせい》があったなんて、意外《いがい》！」

「むっ！　バカにすんなよ、しおりん。オレはけっこうデリケートなんだぜ。」

柚月《ゆづき》くんが、栞《しおり》にむかって顔《かお》をしかめる。

「小学校《しょうがっこう》の頃《ころ》から、夏休《なつやす》みの終《お》わりになるとユーウツになってたもんな。」

「柚月《ゆづき》のユーウツは、夏休《なつやす》みの宿題《しゅくだい》が終《お》わってなかったせいだろ？」

なんて、
冷静《れいせい》なツッコミを入《い》れるのは、伊吹《いぶき》くん。

わたしの「彼《かれ》」、楠本伊吹《くすもといぶき》くんだ。

「まあ、たしかにそれもある。」

「さすが伊吹《いぶき》くん。柚月《ゆづき》のこと、よくわかってるよね。」

「小学校時代《しょうがっこうじだい》からの〝親友《しんゆう》〟だもんね！」

素直《すなお》にうなずく柚月《ゆづき》くんに、顔《かお》を見《み》あわせて笑《わら》いあうわたしたち。

伊吹《いぶき》くんとわたし。

柚月《ゆづき》くんと栞《しおり》。

この四人《にん》は、中学《ちゅうがく》の時《とき》から仲《なか》のいいグループなの。

伊吹《いぶき》くんと栞《しおり》とわたしは、鎌倉南高校《かまくらみなみこうこう》へ。

柚月《ゆづき》くんは、私立《しりつ》のスポーツ名門校《めいもんこう》、森咲学園《もりさきがくえん》に進学《しんがく》したんだけど、森咲学園《もりさきがくえん》も江《え》ノ電沿線《でんえんせん》だから、朝《あさ》はこうして、一緒《いっしょ》に通学《つうがく》してるんだよ。

中学時代《ちゅうがくじだい》みたいに四人《にん》でいられる朝《あさ》の通学時間《つうがくじかん》は、毎日《まいにち》の楽《たの》しみ。

高校《こうこう》にも、いい友《とも》だちがいっぱいできた。

伊吹《いぶき》くんと同《おな》じ弓道部《きゅうどうぶ》に入部《にゅうぶ》して、部活《ぶかつ》にも励《はげ》んでる。

わたしの高校生活《こうこうせいかつ》は、充実《じゅうじつ》していて、順調《じゅんちょう》そのもの。

こんな毎日《まいにち》が、ずっとつづいていくことを願《ねが》っていたんだけど……。

夏休《なつやす》みの終《お》わりに、このシアワセな毎日《まいにち》がひっくり返《かえ》るような、重大な出来事がおこってしまったの。

それはね、

〝病気《びょうき》〟の……、再発。

じつはね、
わたし、中学《ちゅうがく》一年生《ねんせい》の時《とき》に、「小児脳腫瘍《しょうにのうしゅよう》」という病気《びょうき》になったの。

「小児脳腫瘍《しょうにのうしゅよう》」というのは、頭《あたま》の中《なか》にできる「がん」のこと。

幸《さいわ》い、手術《しゅじゅつ》で腫瘍《しゅよう》をとってもらえたおかげで、ずっと元気《げんき》に過《す》ごしてた。

でも、わたしの頭《あたま》の中《なか》には、どうしても取《と》りきることのできなかった腫瘍《しゅよう》の一部《いちぶ》が、ほんの少《すこ》しだけ残《のこ》っていて……。

手術《しゅじゅつ》から三年近《ねんちか》くたって、その腫瘍《しゅよう》が急《きゅう》に大《おお》きくなってきたんだって。

夏休《なつやす》みの終《お》わりにうけた、いつものクリニックの定期検査《ていきけんさ》で、そのことがわかったの。

ショックだったな。

もう、目《め》の前《まえ》が真《ま》っ暗《くら》になったよ。

わたしね、手術《しゅじゅつ》をうけた時点《じてん》からの「三年生存率《ねんせいぞんりつ》」が、七〇パーセントって言《い》われていたの。

つまり、手術《しゅじゅつ》から三年後《ねんご》に生《い》きていられる確率《かくりつ》が、七〇パーセントということ。

だけど、あの日までは信《しん》じていたんだ。

ぜったいに、「再発《さいはつ》」なんかしないって。

五年《ねん》でも十年《ねん》でも、ずっとこのまま、元気《げんき》で生《い》きていくんだ……って。

だけど……、
クリニックで「再発《さいはつ》」の可能性《かのうせい》を知《し》らされた時《とき》は、ショックでパニックになってしまった。

でもね、

「もうダメだ」「死《し》んじゃうんだ」……って、心《こころ》が折《お》れそうだったよ。

そんなわたしを、〝絶望《ぜつぼう》〟から救《すく》ってくれたのは、伊吹《いぶき》くんだったの。

伊吹《いぶき》くん、わたしに言《い》ってくれたんだ。

「オレは、あきらめないから。」……って。

「天音《あまね》のいない〝未来《みらい》〟は、考《かんが》えてないから。」

……って。

だから、わたしも決心《けっしん》したの。

ぜったいに、生《い》きることを、あきらめない。

伊吹《いぶき》くんとの〝未来《みらい》〟を、あきらめない……!

窓《まど》から見《み》える海《うみ》が、朝日《あさひ》をうけてきらめいている。

夏《なつ》の頃《ころ》とは、少《すこ》しだけちがう色《いろ》の海《うみ》。

残暑《ざんしょ》はまだきびしいけれど、海《うみ》の色《いろ》も、日《ひ》ざしの色《いろ》も、やっぱり夏《なつ》とは変《か》わってるんだよね。

明《あか》るいパワーにみちあふれた夏《なつ》の海《うみ》も好《す》きだけど、落《お》ちついておだやかな、秋《あき》の海《うみ》も好《す》き。

大好《だいす》きなこの景色《けしき》を、しばらく見《み》られなくなるのはさみしいな。

数日前《すうじつまえ》に、横浜《よこはま》の大《おお》きな病院《びょういん》で、精密検査《せいみつけんさ》をうけたんだ。

検査《けんさ》の結果《けっか》、「再発《さいはつ》」確定《かくてい》。

それでね、パパとママと一緒《いっしょ》に、お医者《いしゃ》さまから詳《くわ》しい説明《せつめい》をきいたの。

わたしの頭《あたま》の中《なか》の腫瘍《しゅよう》は、確実《かくじつ》に成長《せいちょう》しはじめてるんだって。

今《いま》のところは、まだ自覚症状《じかくしょうじょう》はないけれど。

このまま腫瘍《しゅよう》が大《おお》きくなっていくと、周囲《しゅうい》の脳《のう》の組織《そしき》を圧迫《あっぱく》して、命《いのち》にかかわることになるそうだ。

治療《ちりょう》としては、放射線治療《ほうしゃせんちりょう》や、化学療法《かがくりょうほう》で腫瘍《しゅよう》を小《ちい》さくするという方法《ほうほう》もあるけれど。

根本的《こんぽんてき》に病気《びょうき》を治《なお》すためには、手術《しゅじゅつ》をうける必要《ひつよう》があるんだって。

わたしの頭《あたま》の中《なか》の腫瘍《しゅよう》は、脳《のう》の深《ふか》い場所《ばしょ》にあって、中一《ちゅう》の時《とき》の手術《しゅじゅつ》では、取《と》りきることのできなかったもの。

だから、再手術《さいしゅじゅつ》をうけるとしたら、かなりむずかしいものになるらしい。

でもね、わたしの気持《きも》ちは決《き》まってた。

どんなにむずかしい手術《しゅじゅつ》でもうけるつもり！

パパとママもお医者《いしゃ》さまも、わたしの「意思《いし》」を尊重《そんちょう》してくれた。

そうとなれば、なるべく早《はや》いほうがいいということで、九月中《がっちゅう》に入院《にゅういん》して、十月《がつ》の頭《あたま》に手術《しゅじゅつ》をうけることになったの。

入院《にゅういん》まであと十日《とおか》ほど。

それまで、一日一日《いちにちいちにち》を、大切《たいせつ》にすごしたいな。

だけど、その前《まえ》に、
まずは、やらなければならないことがある。

「栞《しおり》、柚月《ゆづき》くん。」

鎌倉高校前駅《かまくらこうこうまええき》が近《ちか》づいてきた頃《ころ》、
わたしは、少《すこ》しあらたまって、栞《しおり》と柚月《ゆづき》くんにむきなおった。

「あのね、明日《あした》、何《なに》か予定《よてい》ある？」

「明日《あした》？」

「とくに予定《よてい》はないけど。」

のんびりした表情《ひょうじょう》で、答《こた》えるふたり。

明日《あした》は土曜日《どようび》、学校《がっこう》はお休《やす》みだ。

「それじゃあ、明日《あした》、会《あ》えるかな？　四人《にん》で。」

「なになに？　ダブルデート⁉　天音《あまね》ちゃんから言《い》いだすなんて、めずらしいじゃん。」

って、うれしそうな柚月《ゆづき》くんには申《もう》しわけないけど。

「ごめん、そうじゃなくて。」

となりにいる伊吹《いぶき》くんと、視線《しせん》をかわす。

小《ちい》さくうなずいた「彼《かれ》」に勇気《ゆうき》をもらって、思《おも》いきって口《くち》を開《ひら》く。

「大事な話があるの。ふたりに。」

「え……？」

「大事《だいじ》な話《はなし》？」

わたしの真剣《しんけん》な口調《くちょう》に、栞《しおり》と柚月《ゆづき》くんの表情《ひょうじょう》がスッとこわばった。

「それって……。」

「今《いま》、ここじゃ話《はな》せないようなこと？」

「うん。」

「……。」

ふたりが、かたい表情《かお》のままでわたしを見《み》つめる。

それは、あまりいい話《はなし》じゃない……ってことを、うっすら予感《よかん》したのかもしれない。

わたしの〝病気《びょうき》〟のことは、栞《しおり》たちにも話《はな》してある。

中一《ちゅう》の時《とき》に、手術《しゅじゅつ》をうけたこと。

「再発《さいはつ》」の可能性《かのうせい》があるということも。

でも、

いざそれが〝現実《げんじつ》〟になったら、栞《しおり》たちに打《う》ちあけるのはつらくて……。

なかなか、言《い》いだすことができなかったの。

びっくりするだろうな、ふたりとも。

きっと、心配《しんぱい》かけちゃうよね。

だけど、大事《だいじ》な「親友《しんゆう》」と「仲間《なかま》」に、だまっているわけにはいかないから、

これは、入院前《にゅういんまえ》に越《こ》えなければならない、最初《さいしょ》のハードルだ。

ゴトンゴトン……。

鎌倉高校前《かまくらこうこうまえ》の駅《えき》が近《ちか》づいて、電車《でんしゃ》が速度《そくど》を落《お》とし始《はじ》めた時《とき》、

先《さき》に問《と》いかけたのは、栞《しおり》だった。

「明日《あした》……どこで？」

「何時《なんじ》にする？」

と、柚月《ゆづき》くんも、あとをつづける。

「東公園《ひがしこうえん》はどうかな？」

話《はなし》を切《き》りだせたことに少《すこ》しだけホッとしながら、用意《ようい》していた答《こた》えを返《かえ》す。

「東公園《ひがしこうえん》」というのは、わたしたちが通《かよ》っていた中学校《ちゅうがっこう》のとなりにある公園《こうえん》のこと。

中学時代《ちゅうがくじだい》は、四人《にん》でよくいっていた場所《ばしょ》だ。

「昼間《ひるま》はまだ暑《あつ》いから、四時《じ》でどう？」

「……わかった。」

「オッケー。」

神妙《しんみょう》な顔《かお》で、ふたりがうなずく。


ガタン、ゴトン……

ゆるやかに、電車《でんしゃ》がホームにすべりこんだ。

伊吹《いぶき》くんとわたしと栞《しおり》は、この駅《えき》で降《お》りることになる。

「天音《あまね》。」

ドアが開《あ》いた時《とき》、伊吹《いぶき》くんが手《て》をさしだしてくれた。

わたしも自然《しぜん》に、その手《て》をにぎる。

てのひらから、伊吹《いぶき》くんの気持《きも》ちが伝《つた》わってくるみたい。

「大丈夫《だいじょうぶ》。」

「ずっと、側《そば》にいるから。」

……って。

だから、わたしはがんばれるよ！

伊吹《いぶき》くんと、
みんなと、一緒《いっしょ》に生《い》きていく〝未来《みらい》〟のために。

さあ、闘《たたか》いをはじめよう。

2 友情《ゆうじょう》が生《う》まれた場所《ばしょ》

ミーーンミンミン……

ジージー、ジーー……

緑《みどり》の木々《きぎ》から降《ふ》り注《そそ》ぐ、暑《あつ》くるしいセミの声《こえ》。

土曜日《どようび》の、星《ほし》の森東公園《もりひがしこうえん》。

四時半《じはん》をまわっても、まだ日《ひ》は高《たか》い。

それでも、木陰《こかげ》を吹《ふ》きぬける風《かぜ》は、少《すこ》しだけ涼《すず》しくなってきた。

わたしたちが住《す》んでいる「星《ほし》の森《もり》」という町《まち》は、横浜市《よこはまし》のはじっこのK区《ケーく》にあるの。

「横浜《よこはま》」というと、「都会《とかい》」とか、「海《うみ》の見《み》えるおしゃれな観光地《かんこうち》」というイメージがあるかもしれないけど。

星《ほし》の森《もり》は、緑《みどり》の森《もり》や小高《こだか》い丘《おか》もあって、自然《しぜん》がいっぱいの、のどかな町《まち》。

「星《ほし》の森住宅団地《もりじゅうたくだんち》」という大《おお》きな住宅街《じゅうたくがい》の中《なか》に、わたしたちが通《かよ》っていた「星《ほし》の森中学校《もりちゅうがっこう》」もあるの。

この東公園《ひがしこうえん》は「星中《ほしちゅう》」のとなりにあるから、星中生《ほしちゅうせい》は、よく放課後《ほうかご》に寄《よ》り道《みち》したりしててね。

わたしたち四人《にん》にとっても、ここは、思《おも》い出《で》がいっぱいある場所《ばしょ》なんだ。

だから、

「大事《だいじ》な話《はなし》」は、ここできいてほしかったの。

「再発《さいはつ》……って。」

「そうなんだ……。」

い、い、そのことを打《う》ちあけた時《とき》、

栞《しおり》と柚月《ゆづき》くんは、少《すこ》しのあいだ、言葉《ことば》をなくした。

でもね、薄々《うすうす》、そういう話《はなし》じゃないか……って、身《み》がまえてたみたい。

わたしが、深刻《しんこく》な顔《かお》で、「大事《だいじ》な話《はなし》がある」なんて言《い》ったら、気《き》づくよね。
頭《あたま》の中《なか》の「がん」が再発《さいはつ》したこと。
今月中《こんげつちゅう》に入院《にゅういん》して、手術《しゅじゅつ》をうけること。
ふたりは、ずっとだまってきいてくれた。
むずかしい手術《しゅじゅつ》になる……ってことは、言《い》わなかったけど、
たぶん、ふたりとも察《さっ》していたと思《おも》う。
色白《いろじろ》の顔《かお》を、ますます白《しろ》くして、
栞《しおり》は、わたしをギュッてしてくれた。
いつも陽気《ようき》な柚月《ゆづき》くんも、大人《おとな》びた表情《ひょうじょう》で、
何《なに》も言《い》わずに、伊吹《いぶき》くんの肩《かた》を抱《だ》きよせた。
うれしかったな。
泣《な》かれたり、明《あか》るく励《はげ》まされたりするよりも、
ふたりが、だまってうけとめてくれたことがうれしかった。
言葉《ことば》にはしなくても、ふたりの気持《きも》ちが伝《つた》わってきたよ。

「大丈夫《だいじょうぶ》。」
「ずっと、側《そば》にいるから。」
……って。
伊吹《いぶき》くんと同《おな》じ。
栞《しおり》と柚月《ゆづき》くんも、わたしのたのもしい「応援団《おうえんだん》」だ。
〝病気《びょうき》〟のことは、それ以上話《いじょうはな》さなかった。
ベンチにすわって、四人《にん》でたわいのないおしゃべりをした。
夕方《ゆうがた》の公園《こうえん》には、ポツポツと犬《いぬ》の散歩《さんぽ》をする人《ひと》たちの姿《すがた》。
公園《こうえん》と星中《ほしちゅう》を隔《へだ》てる、高《たか》いフェンス。
中学時代《ちゅうがくじだい》、いつも見《み》ていたなつかしい風景《ふうけい》。
卒業《そつぎょう》してから、ここにくるのははじめてなんだよね。
そういえば、
この公園《こうえん》は、わたしたちの「友情《ゆうじょう》が生《う》まれた場所《ばしょ》」でもあるんだ。

中二《ちゅう》の五月《がつ》の体育祭《たいいくさい》の時《とき》にね、四人《にん》でリレーの選手《せんしゅ》をやったの。

男女《だんじょ》二名《めい》ずつの選手《せんしゅ》が、それぞれ四百メートルを全力《ぜんりょく》で走《はし》るっていう、めちゃくちゃハードな競技《きょうぎ》でね。

「走《はし》れメロス」って種目名《しゅもくめい》の、二年生《ねんせい》の名物競技《めいぶつきょうぎ》だったんだよ。

栞《しおり》とわたしは、運動《うんどう》が苦手《にがて》なのに、ひょんなことから選手《せんしゅ》になってしまって……。

毎日《まいにち》この公園《こうえん》で自主練《じしゅれん》してたら、体育祭前日《たいいくさいぜんじつ》に、見《み》かねた伊吹《いぶき》くんと柚月《ゆづき》くんが練習《れんしゅう》につきあってくれたんだよね。

それがキッカケで、四人《にん》で一緒《いっしょ》にいることが多《おお》くなって。

柚月《ゆづき》くんが、ふざけて「チームメロス」なんて言《い》いだして。

いつのまにか、それが定着《ていちゃく》してしまった。

だから、ここは「チームメロス」発祥《はっしょう》の地《ち》。

あの体育祭《たいいくさい》のリレーが、わたしたちの「はじまり」だったんだよね。

それから、わたしは伊吹《いぶき》くんに恋《こい》をして、
伊吹《いぶき》くんも、わたしを好《す》きになってくれて。

中二《ちゅう》の秋《あき》、伊吹《いぶき》くんが、ここでわたしに「告白《こくはく》」してくれた。

あの時《とき》……、
まるで、夢《ゆめ》を見《み》ているような気持《きも》ちだったな。

そうそう！

おつきあいしてはじめてのバレンタイン、
伊吹《いぶき》くんにチョコレートをわたしたのも、この公園《こうえん》だったよね。

わたしの作《つく》ったチョコを、今《いま》いるベンチにすわって、並《なら》んで食《た》べた。

まだまだ、この場所《ばしょ》には、忘《わす》れられない思《おも》い出《で》がいっぱいある。

あらためて、ふり返《かえ》ってみると、
星中《ほしちゅう》に通《かよ》っていた二年間《ねんかん》、わたしは、なんてシアワセな中学時代《ちゅうがくじだい》を送《おく》っていたんだろう。

いつのまにか、まぶしかったお日《ひ》さまは、校舎《こうしゃ》のむこうに隠《かく》れていた。

四人《にん》の話《はなし》はつきなくて、

西《にし》の空《そら》が、ほんのりピンク色《いろ》に染《そ》まり始《はじ》めた頃《ころ》、柚月《ゆづき》くんが、ふと、思《おも》いついたようにこう言《い》った。

「なあ、明日《あした》……、どっかいかないか？」

「え？」

「どっか……って？」

柚月《ゆづき》くんのふいの言葉《ことば》に、わたしたちは首《くび》をかしげる。

「だって、手術《しゅじゅつ》のあとしばらくは、さすがに遊《あそ》びにはいけないかもしれないだろ？　だったら、入院《にゅういん》する前《まえ》にパワーチャージしといたほうがよくない？」

「パワーチャージ？」

たしかに、柚月《ゆづき》くんの提案《ていあん》は魅力的《みりょくてき》だった。

手術《しゅじゅつ》のあと、入院期間《にゅういんきかん》がどのくらいになるかは、その時《とき》の状況《じょうきょう》しだいなんだって。

頭《あたま》の中《なか》の腫瘍《しゅよう》を切除《せつじょ》できたとしても、放射線治療《ほうしゃせんちりょう》とか化学療法《かがくりょうほう》とか、その後《ご》の治療《ちりょう》が必要《ひつよう》になった場合《ばあい》は、入院《にゅういん》が長引《ながび》くこともある。

もしかしたら、何《なん》か月《げつ》もつらい治療《ちりょう》をうけることになるかもしれないし。

だったら……。

「パワーチャージ、したいかも。」

「だろっ!?」

思《おも》わずつぶやいたわたしに、柚月《ゆづき》くんの顔《かお》が輝《かがや》く。

「あ……！　でも、天音《あまね》ちゃん、体調《たいちょう》は大丈夫《だいじょうぶ》？」

「うん、ぜんぜん平気《へいき》！　大丈夫《だいじょうぶ》。」

「じゃあさ、いこうぜ！　天音《あまね》ちゃんの壮行会《そうこうかい》！」

「壮行会《そうこうかい》……か。」

「天音《あまね》がいきたいならいいかもね。」

伊吹《いぶき》くんと栞《しおり》もノリ気《き》になったみたいで、そう言《い》って顔《かお》を見《み》あわせる。

決《き》まりだ！

入院前《にゅういんまえ》のお楽《たの》しみ。

みんなと一日笑《いちにちわら》ってすごして、いっぱい元気《げんき》をもらいたい！

「そうと決《き》まったら、どこにいく?」

「急《きゅう》だから、そんなに遠出《とおで》はできないよね?」

夕暮《ゆうぐ》れの公園《こうえん》で、急遽《きゅうきょ》、明日《あした》の「ダブルデート」の打《う》ちあわせ。

「天音《あまね》は、どこにいきたい?」

「うーん、そうだなあ……。」

伊吹《いぶき》くんの問《と》いかけに、思《おも》いをめぐらせる。

「わたしは……、今《いま》まで四人《にん》でいったことがある場所《ばしょ》がいいな。四人《にん》の思《おも》い出《で》のある場《ば》所《しょ》。」

「思《おも》い出《で》のある場所《ばしょ》?」

「うん。この公園《こうえん》も、そのひとつだけど。」

中二《ちゅう》の五月《がつ》、この公園《こうえん》で、わたしたちの「友情《ゆうじょう》」が生《う》まれた。

はじめて四人《にん》で出《で》かけたのは、それからすぐだったよね。

この近《ちか》くの「自然《しぜん》の森公園《もりこうえん》」というところに、野生《やせい》のホタルを見《み》にいったの。

夜《よる》、男《おとこ》の子《こ》たちと一緒《いっしょ》にでかけるのなんて生《う》まれてはじめてだったから、ドキドキしたなあ。

「中二《ちゅう》の夏休《なつやす》みには、『八景島《はっけいじま》シーパラダイス』にいったね。」

と、栞《しおり》もなつかしそうに言《い》う。

八景島《はっけいじま》シーパラダイスは、この横浜市《よこはまし》K区《ケーく》にある、大《おお》きなレジャー施設《しせつ》なの。

八景島《はっけいじま》っていう人工《じんこう》の島《しま》の中《なか》に、水族館《すいぞくかん》や遊園地《ゆうえんち》があるんだよ。

その近《ちか》くの「海《うみ》の公園《こうえん》」には、中二《ちゅう》の夏《なつ》と、今年《ことし》の夏《なつ》、四人《にん》で花火《はなび》を見《み》にいった。

いろんな思《おも》い出《で》のある場所《ばしょ》だ。

「はじめてのダブルデートは、横須賀《よこすか》だったよな。」

と、笑《え》みを浮《う》かべたのは、柚月《ゆづき》くん。

そうそう！

栞《しおり》と柚月《ゆづき》くんが、中二《ちゅう》のバレンタインにカップルになって、中三《ちゅう》の六月《がつ》に、はじめてのダブルデート。

横須賀《よこすか》で『軍港《ぐんこう》めぐり』のクルージングをしたり、今《いま》は記念艦《きねんかん》になっている昔《むかし》の戦艦《せんかん》を見学《けんがく》したり。

ちょっとマニアックなデートコースだったよね。

「中三《ちゅう》の夏休《なつやす》みは、天音《あまね》が住《す》んでた長野《ながの》にいったんだよな。」

伊吹《いぶき》くんも、思《おも》い出話《でばなし》にノッてきた。

「うん！　二泊三日《はくみっか》のお泊《と》まり旅行《りょこう》！　安曇野《あづみの》のおばあちゃんちに泊《と》まったよね。」

「楽《たの》しかったよねー。天音《あまね》のおばあちゃんち、日本《にほん》の夏《なつ》！　ってカンジだった。」

「サイクリングも花火《はなび》も、最高《さいこう》だったよな！」

栞《しおり》と柚月《ゆづき》くんが声《こえ》をそろえる。

わたしの故郷《こきょう》、みんなに気《き》にいってもらえて、うれしかったなあ。

「またいきたいな、安曇野《あづみの》。」

伊吹《いぶき》くんが、そう言《い》ってわたしをのぞきこむ。

「うん……。でも、さすがに遠《とお》いから、明日《あした》はムリだよね。」

「天音《あまね》がよくなったらいこうよ！　来年《らいねん》の夏《なつ》にでもさ。」

「え？」

来年の夏……って、栞《しおり》が、サラリと口《くち》にした。

「そうだな。」

「おばあちゃんのごはん、また食《た》べたい！」

伊吹《いぶき》くんと柚月《ゆづき》くんも、笑《わら》ってうなずく。

そんなみんなの言葉《ことば》に、胸《むね》が熱《あつ》くなった。

そうだよね。

わたし、来年《らいねん》の夏《なつ》も、きっとみんなと一緒《いっしょ》にいられるよね！

ううん。ぜったいに……だ。

そう信《しん》じて、がんばろう！

来年《らいねん》の「約束《やくそく》」は、わたしにとって、最高《さいこう》のエールだ。


「あ、そうだ！」

その時《とき》、ふと思《おも》いついたことがあった。

「四人《にん》でいった思《おも》い出《で》の場所《ばしょ》、もうひとつあるよ！」

「え？　どこ？」

「どこだっけ？」

身《み》を乗《の》りだす三人《にん》の顔《かお》を見《み》わたして、ちょっともったいぶって口《くち》を開《ひら》く。

「それはね……。」


カナカナカナカナ……

さっきまでにぎやかだったクマゼミやミンミンゼミたちの声《こえ》は、少《すこ》しさびしげなヒグラシの声《こえ》にとってかわっていた。

不安《ふあん》がないわけじゃない。

手術《しゅじゅつ》のことも、そのあとのことも……。

だけど、今《いま》は、
みんなと一緒《いっしょ》に笑《わら》いながら、楽《たの》しい「明日《あした》」の話《はなし》をしよう。

大好《だいす》きな、四人《にん》の「友情《ゆうじょう》が生《う》まれた場所《ばしょ》」で。

3 思《おも》い出《で》めぐり

「きたぜ、江《え》の島《しま》！　二年《ねん》ぶり〜〜〜っ!!」

参道《さんどう》の入《い》り口《ぐち》、青銅《せいどう》の鳥居《とりい》の前《まえ》で、
柚月《ゆづき》くんが、そう言《い》って両手《りょうて》を広《ひろ》げる。

「やめてよ、柚月《ゆづき》。はずかしい！」

顔《かお》をしかめて、その手《て》を引《ひ》っぱるのは栞《しおり》の役目《やくめ》。

お天気最高《てんきさいこう》の日曜日《にちようび》、
鳥居《とりい》のむこうは、大勢《おおぜい》の観光客《かんこうきゃく》でにぎわっている。

ここは江《え》の島《しま》。


そう！

湘南《しょうなん》のシンボルともいえる、人気《にんき》の観光地《かんこうち》、江《え》の島《しま》だよ！

「毎日《まいにち》ながめてるけど、なかなかくる機会《きかい》がないよな、ここ。」

「そうだね。南高《みなみこう》からは、目《め》と鼻《はな》の先《さき》って感《かん》じなのにね。」

伊吹《いぶき》くんと並《なら》んで鳥居《とりい》をくぐるわたしは、すっかり観光《かんこう》モードのウキウキ気分《きぶん》。

正面《しょうめん》の神社《じんじゃ》にむかって延《の》びている、ゆるい坂道《さかみち》の参道《さんどう》は、「弁財天仲見世通り《べんざいてんなかみせどお》」。

通《とお》りの両側《りょうがわ》に、お食事処《しょくじどころ》やおみやげ屋《や》さんがギッシリ並《なら》んでいて、サザエとかおだんごなんかを焼《や》く、香《こう》ばしいニオイが漂《ただよ》ってくる。

テンションあがる〰〰っ！

この江《え》の島《しま》にはね、中二《ちゅう》の秋《あき》の「校外学習《こうがいがくしゅう》」できたことがあるの。

「チームメロス」の四人《にん》でグループ行動《こうどう》をして、楽《たの》しかったなあ。

高校《こうこう》に入《はい》ってからは、通学《つうがく》の江《え》ノ電《でん》や、鎌倉高校前駅《かまくらこうこうまええき》のホームから、毎日江《まいにちえ》の島《しま》をながめてるけど。

伊吹《いぶき》くんの言《い》うように、なかなか遊《あそ》びにくる機会《きかい》がなかったんだ。

だから、今日《きょう》の「壮行会《そうこうかい》デート」には、この場所《ばしょ》をリクエストしたの！

江《え》の島《しま》は、湘南海岸《しょうなんかいがん》と橋《はし》でつながっている、周囲約《しゅういやく》四キロ、標高《ひょうこう》六十メートルほどの小《ちい》さな島《しま》。

島内《とうない》にある、辺津宮《へつみや》、中津宮《なかつみや》、奥津宮《おくつみや》を総称《そうしょう》して、「江島神社《えのしまじんじゃ》」って呼《よ》ぶんだって。

仲見世通《なかみせどお》りの突《つ》き当《あ》たりの階段《かいだん》を上《のぼ》って、立派《りっぱ》な朱《しゅ》の鳥居《とりい》をくぐり、さらに階段《かいだん》を上《のぼ》ったところにあるのが、辺津宮《へつみや》。

辺津宮《へつみや》と中津宮《なかつみや》をお参《まい》りしながら、のんびりと山《やま》を上《のぼ》っていく。

このコースは、二年前《ねんまえ》とおんなじだ。

「校外学習《こうがいがくしゅう》」の時《とき》は制服《せいふく》だったけど、今日《きょう》のわたしたちは、もちろん私服《しふく》。

この時期《じき》のお出《で》かけコーデってけっこうむずかしいんだよね。

まだ残暑《ざんしょ》がきびしくて、気温《きおん》は三十度《ど》を超《こ》えちゃいそう。

とはいえ、九月《がつ》の半《なか》ばだから、あんまり夏《なつ》っぽい服《ふく》よりは、秋《あき》らしさも取《と》りいれたい！

いろいろ迷《まよ》ったんだけど、パフスリーブの半《はん》そでブラウスに、ミニスカートってコーディネートにしたんだよ。

ブラウスは、白地《しろじ》にこげ茶《ちゃ》の小花模様《こばなもよう》。スカートもブラウン。

それに、茶色《ちゃいろ》の革《かわ》のポシェット。

秋《あき》っぽい色《いろ》あいでまとめてみたの。

伊吹《いぶき》くんは、V《ブイ》ネックのT《ティー》シャツに、白《しろ》の麻《あさ》のシャツをはおって、ボトムはヴィンテージのデニム。

インナーが落《お》ちついたカーキ色《いろ》のアースカラーなのが、さすがの秋《あき》コーデ！

伊吹《いぶき》くんの私服《しふく》って、いつもさり気《げ》なくオシャレなんだよね。

柚月《ゆづき》くんは、白《しろ》のT《ティー》シャツにアーミー調《ちょう》のベスト、ブラックデニム。

ラフでクールな柚月《ゆづき》くんらしいコーディネート。

栞《しおり》はね、ダボッとしたベビーピンクの長袖《ながそで》T《ティー》シャツに白《しろ》のオーバーオール。

カジュアルなコーデが、栞《しおり》に似合《にあ》っててすごくカワイイ♡

江《え》の島《しま》の頂上《ちょうじょう》まで上《のぼ》りきったところにある広《ひろ》い庭園《ていえん》は、「江《え》の島《しま》サムエル・コッキング苑《えん》」。

その一角《いっかく》に、キャンドルみたいな形《かたち》の、銀色《ぎんいろ》の灯台《とうだい》がそびえ立《た》っている。

これが、展望灯台《てんぼうとうだい》「江《え》の島《しま》シーキャンドル」。

二年前《ねんまえ》と同《おな》じように灯台《とうだい》を見上《みあ》げながら、江《え》の島《しま》の奥《おく》へと進《すす》む。

お食事処《しょくじどころ》やお店《みせ》の立《た》ち並《なら》んでいる「御岩屋道通《おいわやみちどお》り」を抜《ぬ》けると、江島神社《えのしまじんじゃ》の奥津宮《おくつみや》と、龍宮《わだつみのみや》がある。

龍神《りゅうじん》さまが祀《まつ》られている龍宮《わだつみのみや》は、積《つ》みあげられた岩《いわ》の上《うえ》に、カッコいい青銅《せいどう》の龍《りゅう》が載《の》ってるんだよ。

江《え》の島《しま》には「龍神伝説《りゅうじんでんせつ》」があって、この龍宮《わだつみのみや》のあたりは、龍神《りゅうじん》エネルギーが集《あつ》まるパワースポットって言《い》われてるんだって。

この奥《おく》にある石段《いしだん》を下《お》りていくと、「稚児《ちご》ヶ淵《がふち》」というながめのいい岩場《いわば》があるの。

「お〜〜っ、絶景《ぜっけい》！」

「風《かぜ》が気持《きも》ちいいね〜〜〜！」

稚児《ちご》ヶ淵《がふち》の岩場《いわば》に下《お》りたわたしたちは、海風《うみかぜ》をあびて深呼吸《しんこきゅう》。

岩場《いわば》にところどころできた潮《しお》だまりは、透《す》きとおったターコイズブルー。

のぞきこむと、小《ちい》さな魚《さかな》たちの姿《すがた》が見《み》えた。

おだやかに横《よこ》たわる海《うみ》のむこうには、青《あお》い富士山《ふじさん》のシルエットが浮《う》かんでいる。

まだ夏《なつ》の姿《すがた》のまま、冠雪《かんせつ》のない青一色《あおいっしょく》の富士山《ふじさん》。

二年前《ねんまえ》にきた時《とき》には十一月《がつ》だったから、あの頃《ころ》には、うっすら白《しろ》いものが積《つ》もっていたっけ。

中二《ちゅう》の時《とき》に訪《おとず》れた場所《ばしょ》を、なつかしい気持《きも》ちでたどっていく。

二年分大人《ねんぶんおとな》になったわたしたちの、「思《おも》い出《で》めぐり」。

「前《まえ》にきた時《とき》には、ここで弁当食《べんとうく》ったんだよな。」

「柚月《ゆづき》の思《おも》い出《で》は、お弁当《べんとう》と食《た》べ歩《ある》きだけなの？」

「んなことない！　『岩屋《いわや》の洞窟《どうくつ》』だって覚《おぼ》えてるぜ。」

「あっ、わたしもあそこ好《す》き！　涼《すず》しいし、おもしろかったよね。」

「そうそう、真《ま》っ暗《くら》な洞窟《どうくつ》の中《なか》を歩《ある》いていくの、ワクワクしたよな！」

なんて盛《も》り上《あ》がる「ゆづしお」ペア。

「岩屋《いわや》の洞窟《どうくつ》」っていうのは、稚児ケ淵《ちごがふち》からさらに奥《おく》にいった場所《ばしょ》にある人気《にんき》スポット。

波《なみ》の浸食《しんしょく》で、自然《しぜん》にできた洞窟《どうくつ》なんだって。

第《だい》一岩屋《いわや》と第《だい》二岩屋《いわや》があって、岩壁《がんぺき》には、江《え》の島《しま》の歴史《れきし》がわかる資料《しりょう》なんかも展示《てんじ》されてるんだよ。

明《あか》るい太陽《たいよう》の下《もと》から洞窟《どうくつ》の中《なか》に足《あし》をふみいれると、ヒンヤリと冷《つめ》たい空気《くうき》に包《つつ》まれて、まるで別世界《べっせかい》に迷《まよ》いこんでしまったような気分《きぶん》になる。

第《だい》一岩屋《いわや》の入《い》り口《ぐち》でロウソクを貸《か》してくれて、それを手《て》にして暗《くら》がりの中《なか》を歩《ある》いていくの。

岩屋《いわや》の中《なか》には、ズラッと石仏《せきぶつ》が並《なら》んでいて、神秘的《しんぴてき》な雰囲気《ふんいき》。

中二《ちゅう》の時《とき》にはね、ちょっとした「理由《わけ》」があって、わたし、この洞窟《どうくつ》を歩《ある》いているあいだ、気《き》もそぞろだったんだよね。

だけど、今回《こんかい》は、しっかり洞窟探検《どうくつたんけん》を満喫《まんきつ》できたよ！

「さっ、こっからは別行動《べっこうどう》にしようぜ！」

柚月《ゆづき》くんがそう言《い》ったのは、御岩屋道通《おいわやみちどお》りのカフェで、ランチをしたあとのことだ。

「オレとしおりん、ふたりきりになりたいからさ。」

って、冗談《じょうだん》ぽく言《い》う柚月《ゆづき》くんだけど、

本当《ほんとう》は、伊吹くん、とわたしを、ふたりきりにするためなんだよね。

それがわかっているから、栞《しおり》も、めずらしく素直《すなお》に賛成《さんせい》した。

「そうだね。二時間後《じかんご》に、青銅《せいどう》の鳥居《とりい》のところに集合《しゅうごう》ってことでどう？」

「了解《りょうかい》！」

「じゃあ、またあとで。」

そんなふたりの気持《きも》ちに感謝《かんしゃ》しつつ、伊吹《いぶき》くんと肩《かた》を並《なら》べて歩《ある》きだす。

もちろん、四人一緒《にんいっしょ》の時間《じかん》も楽《たの》しいけど、

ここからは、「彼《かれ》」とふたりきりの江《え》の島《しま》デート。

「天音《あまね》、どこかいきたいところある？」

龍宮《わだつみのみや》の鳥居《とりい》のあたりで、伊吹《いぶき》くんがそうきいてくれた。

「え……うん。」

じつはね、わたし、今日《きょう》、ぜったいにいきたい場所《ばしょ》があったの。

「どこ？」

「それは……。」

伊吹《いぶき》くん、覚《おぼ》えてるかな？

わたしにとっては、大切《たいせつ》な場所《ばしょ》。

最高《さいこう》にシアワセな「思《おも》い出《で》」のある、あの、、、場所、を。

4

恋《こい》の音《おと》

江《え》の島《しま》にはね、天女《てんにょ》と龍《りゅう》の「恋《こい》の伝説《でんせつ》」があるの。

昔《むかし》、鎌倉《かまくら》の山中《さんちゅう》のとある沼《ぬま》に、五つの頭《あたま》を持《も》つ龍《りゅう》が棲《す》んでいた。

龍《りゅう》は悪《わる》さばかりして人間《にんげん》たちから恐《おそ》れられていたんだけど、
ある時《とき》、突然海《とつぜんうみ》に出現《しゅつげん》した島《しま》に、天《てん》から美《うつく》しい天女《てんにょ》が舞《ま》い下《お》りてきたんだって。

天女《てんにょ》に恋《こい》をした龍《りゅう》は、結婚《けっこん》を申《もう》しこむんだけど、その悪行《あくぎょう》を理由《りゆう》に断《ことわ》られてしまったの。

でも、その後《ご》、龍《りゅう》は改心《かいしん》して人間《にんげん》に恵《めぐ》みをもたらすようになって、晴《は》れて、天女《てんにょ》と結《むす》ばれることができたんだって。

その伝説《でんせつ》にちなんで作《つく》られたのが、「龍恋《りゅうれん》の鐘《かね》」。

龍宮近《わだつみのみやちか》くの「恋人《こいびと》の丘《おか》」にある、有名《ゆうめい》なデートスポット。

その見《み》はらし台《だい》の鐘《かね》を恋人同士《こいびとどうし》で一緒《いっしょ》に鳴《な》らすと、「ふたりは永遠《えいえん》の愛《あい》で結《むす》ばれる」って言《い》われているの。

そして、

ここが、この江《え》の島《しま》でいちばんの、わたしの思《おも》い出《で》の場所《ばしょ》！

「うわ……。あいかわらずすごいな、ここ。」

フェンスにギッシリとぶら下《さ》がった南京錠《なんきんじょう》を見《み》て、ちょっと引《ひ》いてる伊吹《いぶき》くん。

たしかに、すごい数《かず》……。

海《うみ》の見《み》える絶景《ぜっけい》ポイントに設置《せっち》された見《み》はらし台《だい》。

そのまわりのフェンスには、カップルが「永遠《えいえん》の愛《あい》」の証《あかし》として、自分《じぶん》たちの名前《なまえ》を書《か》いた南京錠《なんきんじょう》をつけていくんだって。

二年前《ねんまえ》にここにきた時《とき》はね、南京錠《なんきんじょう》はつけなかったけど、伊吹《いぶき》くんと一緒《いっしょ》に鐘《かね》を鳴《な》らしたんだよ。

しかも、あの時は伊吹《いぶき》くんが……。

「何笑《なにわら》ってんの？」

ニヤニヤしているわたしに気《き》づいて、伊吹《いぶき》くんが顔《かお》をしかめる。

伊吹《いぶき》くんも、きっと今《いま》、同じことを思《おも》いだしてたんだろうな。

「ごめん！　でも、なつかしくて。」

見《み》はらし台《だい》の鐘《かね》を見上《みあ》げて、くすぐったい気持《きも》ちで言葉《ことば》を返《かえ》す。

「あの時《とき》……、びっくりしたけどうれしかったな。伊吹《いぶき》くんが鐘《かね》を鳴《な》らしてくれた時《とき》。」

「あ……、あれは。」

シブい表情《かお》してそっぽをむいて、ボソリと言《い》う伊吹《いぶき》くん。

「しょーがねーだろ。あの時《とき》は、ついイキオイで……。」

うんうん、そうだったよね。

あのね、伊吹《いぶき》くん、最初《さいしょ》は鐘《かね》を鳴《な》らすのをいやがってたんだ。

「そんなはずかしいことができるか！」

……なんて言《い》って。

でも、その時偶然《ときぐうぜん》、わたしの「昔《むかし》の友《とも》だち」に出会《であ》ったの。

長野《ながの》の中学《ちゅうがく》で同《おな》じクラスだった女《おんな》の子《こ》が、鎌倉《かまくら》に修学旅行《しゅうがくりょこう》にきててね、江《え》の島《しま》で自由行《じゆうこう》動中《どうちゅう》だったんだよね。

理絵《りえ》ちゃん……、
吉見理絵《よしみりえ》ちゃんて子《こ》だよ。

理絵《りえ》ちゃんは、わたしが入《はい》ってたグループのリーダーだった、勝《か》ち気《き》でハッキリした性《せい》格《かく》の女《おんな》の子《こ》。

その彼女《かのじょ》が、伊吹《いぶき》くんと一緒《いっしょ》にいるわたしを見《み》て、ちょっとイヤなことを言《い》ったんだ。

「天音《あまね》に彼氏《かれし》ができるわけないよね！」

……なんて。

それでカチンときた伊吹《いぶき》くんが、わたしを強引《ごういん》にこの鐘《かね》の下《した》に引《ひ》っぱってきたんだよ。

その上《うえ》、鐘《かね》を打《う》ち鳴《な》らしたあとで、理絵《りえ》ちゃんにむかってこう言《い》ったの。

「天音《あまね》は、オレの彼女《かのじょ》だから！」

……って。

あの頃《ころ》はまだ、おつきあいを始《はじ》めたばかりで、伊吹《いぶき》くんの「彼女《かのじょ》」って実感《じっかん》も、自信《じしん》もあんまりなかったから……。

「オレの彼女《かのじょ》」って、伊吹《いぶき》くんがハッキリ言《い》ってくれたことが、本当《ほんとう》にうれしかったんだ。

天《てん》にも昇《のぼ》る気持《きも》ち……っていうのかな。

そのあとで、さっきの「岩屋《いわや》の洞窟《どうくつ》」にいったんだけどね、舞《ま》い上《あ》がってボーッとしてたから、ほとんど何《なに》を見《み》たのかも覚《おぼ》えてなかったの。

あ、そうそう！

その時《とき》に会《あ》った理絵《りえ》ちゃんとはね、去年《きょねん》の夏休《なつやす》み、長野《ながの》にいった時《とき》に再会《さいかい》したの。

いろいろあって、理絵《りえ》ちゃんとも、いい「友《とも》だち」になれたんだよ。

そんな後日談《ごじつだん》もふくめて、忘《わす》れられない思《おも》い出《で》だ。

見《み》はらし台《だい》から望《のぞ》む、湘南《しょうなん》の青《あお》い海《うみ》。

胸《むね》を満《み》たす緑《みどり》の香《かお》り。

セミたちはまだ元気《げんき》に鳴《な》いているけど、晴《は》れわたった空《そら》には、秋《あき》らしいウロコ雲《ぐも》が浮《う》かんでいる。

「天音《あまね》。」

心地《ここち》いい風《かぜ》が吹《ふ》きぬける中《なか》で、伊吹《いぶき》くんがふとわたしにむきなおった。

「これ……。」

「え？」

「鳴《な》らしてく？」

そう言《い》って、鐘《かね》からぶら下《さ》がっている縄《なわ》を手《て》に取《と》る。

「えっ、いいの？」

だって伊吹《いぶき》くん、ホントはこーゆーの苦手《にがて》なのに。

中二《ちゅう》の時《とき》はイキオイだったけど、
でも……。

「ムリしなくて、いいよ？」

「いや……せっかくきたんだし。」

「伊吹《いぶき》くん……。」
照《て》れくさそうな低《ひく》い声《こえ》に、胸《むね》がキュッとなる。
デートスポットの「恋《こい》の鐘《かね》」をカップルで鳴《な》らすなんて、
伊吹《いぶき》くん、そんなの本気《ほんき》でムリなタイプ。

それでも、
その思《おも》い出《で》を大事《だいじ》にしているわたしの気持《きも》ちを、ちゃんとわかってくれている。
わたしの気持《きも》ちを、いちばんに考《かんが》えてくれている。
だから……ね。
今日《きょう》は、甘《あま》えちゃおうかな。
そんな、伊吹《いぶき》くんのやさしさに。

伊吹《いぶき》くんと肩《かた》を並《なら》べて、縄《なわ》をにぎる。
ふたり息《いき》を合《あ》わせて腕《うで》をふると、
カ―――ン！

と、澄《す》んだ音《おと》が鳴《な》りひびいた。
伊吹《いぶき》くんと一緒《いっしょ》に鳴《な》らす、二度目《どめ》の鐘《かね》。
カ――――ン、
カ――――ン……
空《そら》に、海《うみ》に、わたしの心《こころ》にひびく、恋《こい》の音《おと》。
それは、ふたりですごしてきた時間《じかん》の分《ぶん》だけ、
深《ふか》く、力強《ちからづよ》く、
愛《いとお》しい音《おと》にきこえたんだ。

5 自分《じぶん》を信《しん》じる

楽《たの》しかった、江《え》の島《しま》デート。
なつかしい思《おも》い出《で》の場所《ばしょ》をめぐったり、おいしいモノを食《た》べたり。
みんなと一緒《いっしょ》にいっぱい笑《わら》って、パワーチャージ完了《かんりょう》!!
入院《にゅういん》と手術《しゅじゅつ》にむけて、エネルギー満《まん》タンのわたしだったけど。
じつはね、その前《まえ》に、
い、い、い、
もうひとつ、やっておきたいことがあるの。

「両手《りょうて》をゆっくり上《あ》げて、もっと高《たか》く、身体《からだ》の遠《とお》くになるように打《う》ちおこす！」
射場《しゃじょう》に立《た》つわたしの耳《みみ》に、そんな声《こえ》がきこえる。

弓《ゆみ》を持《も》つ左手《ひだりて》と、弦《つる》に矢《や》をつがえた右手《みぎて》を、同時《どうじ》にゆっくり頭上《ずじょう》に上《あ》げる。

矢《や》は水平《すいへい》か、少《すこ》しだけ矢先《やさき》が下《さ》がるように。

「肩《かた》が上《あ》がってる。もっと沈《しず》めて！　背《せ》すじまっすぐ！」

顔《かお》を的方向《まとほうこう》にむけたまま、左手《ひだりて》で弓《ゆみ》を押《お》し開《ひら》いていく。

グッて、両腕《りょううで》に力《ちから》が入《はい》った。

「ムダな力《ちから》は入《い》れないように！　腕《うで》じゃなくて、肩《かた》を開《ひら》く！」

肩《かた》、肩《かた》……って、意識《いしき》しながら、左右《さゆう》に腕《うで》を引《ひ》き分《わ》ける。

「もっと引《ひ》いて！　右《みぎ》ヒジ、もっとななめ後《うし》ろまで！」

弓《ゆみ》を押《お》す左手《ひだりて》と、弦《つる》を引《ひ》く右手《みぎて》。

腕《うで》がプルプルするくらい、限界《げんかい》まで押《お》し引《ひ》きして……。

「そのまま、まっすぐはなす！」

バンッ！

右手《みぎて》を弦《つる》からはなした瞬間《しゅんかん》、放《はな》たれた矢《や》が、的《まと》をめがけて飛《と》んでいった。

けど……、

ズサッ

矢《や》は的《まと》まではとどかずに、力《ちから》ない音《おと》をたてて「安土《あづち》」の手前《てまえ》に落《お》ちた。

ああ……、またダメか。

矢《や》を放《はな》ったあとの「残心《ざんしん》」の姿勢《しせい》を取《と》りながら、内心《ないしん》ガッカリのわたし。

放課後《ほうかご》、弓道部《きゅうどうぶ》の部活中《ぶかつちゅう》。

今日《きょう》は、もう何射《なんしゃ》引《ひ》いただろう？

四月《がつ》に弓道部《きゅうどうぶ》に入部《にゅうぶ》して、最初《さいしょ》は、ひたすら基本《きほん》の姿勢《しせい》や動作《どうさ》の練習《れんしゅう》。

それから、何《なに》も持《も》たずに、弓《ゆみ》を引《ひ》く形《かたち》を学《まな》ぶ「徒手稽古《としゅげいこ》」。

その次《つぎ》は、ゴム弓《ゆみ》を引《ひ》く「ゴム弓稽古《ゆみげいこ》」。

一学期《がっき》の終《お》わりに、ようやく本物《ほんもの》の弓《ゆみ》を持《も》てるようになって、夏休《なつやす》み中《ちゅう》は、二メートルくらいはなれたところにある「巻藁《まきわら》」にむかって弓《ゆみ》を引《ひ》く「巻《まき》藁稽古《わらげいこ》」。

少《すこ》しずつ距離《きょり》をのばしてステップアップして、二学期《がっき》から、ついに二十八メートル先《さき》の的《まと》にむかって弓《ゆみ》を引《ひ》く稽古《けいこ》を始《はじ》めたの。

だけど、わたしはまだ、いちども「的中《てきちゅう》」したことがないんだ。

そりゃあね、二十八メートルも先《さき》にある、直径《ちょっけい》たった三十六センチの的《まと》に矢《や》を当《あ》てるなんて、カンタンなことじゃない。

二年生《ねんせい》の先輩《せんぱい》たちだって、的中率《てきちゅうりつ》はそう高《たか》くないし、わたしたち一年生《ねんせい》はなおさらだ。

最初《さいしょ》は、だれも的《まと》になんか当《あ》たらなかったよ。

それでも、何日《なんにち》かたつうちに、みんな少《すこ》しずつ上達《じょうたつ》して、たまには当《あ》たるようになってきてるのに。

わたしも、入院前《にゅういんまえ》に、一射《しゃ》でもいいから的中《てきちゅう》したいんだけどなあ……。

「天音《あまね》ちゃんはさ、自信《じしん》がたりないんだよ。的中《てきちゅう》したいって言《い》いながら、内心《ないしん》では自分《じぶん》にはムリ……って思《おも》ってない？」

「え……？」

御園《みその》くんの、そんなひと言《こと》にドキッとする。

すっかり日《ひ》の暮《く》れた部活《ぶかつ》の帰《かえ》り、
江《え》ノ電《でん》、鎌倉高校前駅《かまくらこうこうまええき》のホームでのこと。
伊吹《いぶき》くんとわたし、
それに、部活仲間《ぶかつなかま》の御園梗介《みそのきょうすけ》くんは、電車《でんしゃ》を待《ま》ちながら立《た》ち話《ばなし》をしているの。
御園《みその》くんは、わたしのクラスメイト。
そして、伊吹《いぶき》くんとは、小学校時代《しょうがっこうじだい》に同《おな》じ空手道場《からてどうじょう》に通《かよ》っていたんだって。
わたしたち三人《にん》は、いつも、部活後《ぶかつご》に一緒《いっしょ》に帰《かえ》るのが習慣《しゅうかん》だ。
御園《みその》くんは、中学《ちゅうがく》の時《とき》から弓道《きゅうどう》をやっていて、高一《こういち》にして二段《だん》の腕前《うでまえ》。
顧問《こもん》の小山先生《こやませんせい》は、全体《ぜんたい》の指導《しどう》をしなきゃならないから、一年生部員《ねんせいぶいん》には、御園《みその》くんがいろいろアドバイスしてくれることもある。
「入院前《にゅういんまえ》に、的中《てきちゅう》したい！」……って、
わたしの話《はなし》をきいて、最近《さいきん》は、稽古中《けいこちゅう》ずっと側《そば》について指導《しどう》してくれてるんだよ。
しばらくは、学校《がっこう》を休《やす》むことになるから、
クラスメイトや部活《ぶかつ》の仲間《なかま》には、〝病気《びょうき》〟のことを話《はな》さないわけにはいかなかった。

中学時代《ちゅうがくじだい》はね、「がん」っていう病気《びょうき》のことで、まわりから特別《とくべつ》な目《め》で見《み》られたり、同情《どうじょう》されたりするのがいやだったの。

だから、病気《びょうき》のことは、伊吹《いぶき》くんや栞《しおり》たち……、ごく親《した》しい人《ひと》以外《いがい》には、ヒミツにしてたんだ。

でも、高校生《こうこうせい》になると、中学生《ちゅうがくせい》の時《とき》よりみんな大人《おとな》だ。

そのことを打《う》ちあけても、大《おお》ゲサにおどろいたりせずに、スンナリうけとめてもらえてホッとしたよ。

とくに、自分《じぶん》の稽古《けいこ》の時間《じかん》をさいて協力《きょうりょく》してくれている御園《みその》くんには、感謝《かんしゃ》だ。

それにしても……、御園《みその》くん、さすがに鋭《するど》いなあ。

わたしの心《こころ》の中《なか》、お見《み》とおしだ。

そうなの。

わたし、自信《じしん》がないんだよね。

「的中《てきちゅう》したい！」って言《い》いながらも、心《こころ》の底《そこ》では、「自分《じぶん》には無理《むり》」って思《おも》っているのかもしれない。

「弓道《きゅうどう》って、おもしろいんだよね。〝射《しゃ》〟を見《み》ると、なんとなく性格《せいかく》がわかったりする。」

ホームから一望《いちぼう》できる海《うみ》に目《め》を移《うつ》して、御園《みその》くんが整《ととの》った顔《かお》に微笑《えみ》を浮《う》かべる。

「性格《せいかく》？」

と、伊吹《いぶき》くんが首《くび》をかしげる。

「そう。伊吹《いぶき》は、気性《きしょう》がまっすぐ。曲《ま》がったことがキライで、心《こころ》の芯《しん》がしっかりしてる。それが、姿勢《しせい》や動作《どうさ》にも反映《はんえい》されてるから、弓道《きゅうどう》も上達《じょうたつ》が早《はや》い。」

「そうかな？」

御園《みその》くんの言葉《ことば》に、ちょっと照《て》れくさそうな伊吹《いぶき》くん。

「うん。でも、ホントは意外《いがい》に負《ま》けずギライで、子《こ》どもっぽいところもあるよな。」

「え〜、なんだよ、それ？」

ふたりの会話《かいわ》に、思《おも》わず笑《わら》ってしまう。

一見《いっけん》、大人《おとな》っぽくて落《お》ちついている伊吹《いぶき》くんのことを、「子《こ》どもっぽい」なんて言《い》うのは、「親友《しんゆう》」の柚月《ゆづき》くんと、御園《みその》くんくらいなものじゃないかな？

じつはね、
御園《みその》くんは、小学校《しょうがっこう》の時《とき》から、伊吹《いぶき》くんのことが「好《す》き」だったの。
「友《とも》だち」じゃなくて、もっと、特別な感情のことだよ。
高校《こうこう》に入学《にゅうがく》して、五年《ねん》ぶりに再会《さいかい》して、
伊吹《いぶき》くんへの〝恋《こい》〟を自覚《じかく》して……。
そんな自分《じぶん》の気持《きも》ちをうけ入《い》れられずに悩《なや》んでいた御園《みその》くん。
でもね、夏休《なつやす》み中《ちゅう》に、伊吹《いぶき》くんに「本当《ほんとう》の想《おも》い」を打《う》ちあけたの。
最初《さいしょ》はおどろいていた伊吹《いぶき》くんも、そんな御園《みその》くんの気持《きも》ちをちゃんとうけとめて。
その上《うえ》で、ふたりは今《いま》も、いい「友《とも》だち」の関係《かんけい》なんだ。
それはともかく、
たしかに御園《みその》くんの言《い》うとおり、〝射《しゃ》〟には内面《ないめん》がでるものなのかもしれないね。
御園《みその》くんの〝射《しゃ》〟は、流《なが》れるように静《しず》かで美《うつく》しい。
冷静《れいせい》で、頭《あたま》がよくて、あまり感情《かんじょう》を揺《ゆ》らさない。
一見《いっけん》、クールに見《み》えるけど、じつは、内《うち》に熱《あつ》いものを秘《ひ》めている……ってカンジかな?

それで言《い》ったら、わたしの場合《ばあい》は……。

「天音《あまね》ちゃんは、素直《すなお》でマジメ。そんな性格《せいかく》は、弓道《きゅうどう》にむいてると思《おも》うよ。」

御園《みその》くんが、わたしにむきなおって言《い》う。

「一年生《ねんせい》の中《なか》でも、体配《たいはい》はいちばんていねいだし、しっかりできてる。」

「体配《たいはい》」っていうのは、弓《ゆみ》を引《ひ》く時《とき》の、「射型《しゃけい》」以外《いがい》の動作《どうさ》のこと。

立《た》ち方《かた》、すわり方《かた》、歩《ある》き方《かた》、礼《れい》のしかたなど。

弓道《きゅうどう》では、的《まと》に矢《や》を当《あ》てること以前《いぜん》に、この「体配《たいはい》」が大切《たいせつ》と言《い》われているの。

「だけど、いざ弓《ゆみ》を引《ひ》く動作《どうさ》になると、緊張《きんちょう》して体《からだ》がかたくなっちゃうんだよね。それに、怖《こわ》がって思《おも》いっきり引《ひ》いてないでしょ？」

「う……うん。」

御園《みその》くんの言《い》うとおりだ。

わたし、運動神経《うんどうしんけい》がニブいし、昔《むかし》からスポーツは苦手《にがて》。

弓道《きゅうどう》は「スポーツ」じゃなくて「武道《ぶどう》」だけど。

それでも、的《まと》にむかって弓《ゆみ》を引《ひ》く動作《どうさ》には、自信《じしん》が持《も》てない。

それにね、的前《まとまえ》に立《た》って弓《ゆみ》を引《ひ》くようになってすぐの頃《ころ》、引《ひ》き方《かた》が悪《わる》くて、矢《や》を「暴《ぼう》発《はっ》」させちゃったことが、何度《なんど》かあるの。

弓《ゆみ》を引《ひ》く時《とき》は、右手《みぎて》に「䙨《ゆがけ》」という革《かわ》のグローブのようなものをつける。

この䙨《ゆがけ》の親指《おやゆび》のつけ根《ね》にある「弦枕《つるまくら》」という溝《みぞ》に弦《つる》をかけて引《ひ》くんだけど、引《ひ》いているうちに弦《つる》が弦枕《つるまくら》からはずれてしまうと、矢《や》は的《まと》にむかって飛《と》ばない。

暴発《ぼうはつ》して、すぐ側《そば》に落《お》ちてしまうんだ。

大《おお》きな音《おと》がするし、怖《こわ》いんだよね。

もちろん、弦枕《つるまくら》から弦《つる》がはずれないように、正《ただ》しく引《ひ》けば、そんなことにはならないんだけど……。

「御園《みその》くんの言《い》うように、怖《こわ》がって思《おも》いきり引《ひ》いてないから、矢《や》が的《まと》にとどかないんだよね。ずっとついて教《おし》えてもらってるのに、ゴメンね。」

御園《みその》くんと伊吹《いぶき》くん、
背《せ》の高《たか》い男子《だんし》ふたりのまん中《なか》で、思《おも》わずタメ息《いき》をつくわたし。

「技術以前《ぎじゅついぜん》に、心《こころ》の〝弱《よわ》さ〟の問題《もんだい》なのかな。臆病《おくびょう》な性格《せいかく》が、〝射《しゃ》〟にでちゃってるんだよね。」

入院《にゅういん》は、来週《らいしゅう》そうそうにせまっているのに、

それまでに、「的中《てきちゅう》」するのはムリかなあ。

「願《がん》かけ」……っていうのかな。

一度《いちど》でも的中《てきちゅう》できたら、手術《しゅじゅつ》もうまくいくような気《き》がしたんだけどな。

そもそも、そんな「願《がん》かけ」に頼《たよ》ろうとするのも、心《こころ》の弱《よわ》さなんだよね。

がんばろう！

ぜったいに大丈夫《だいじょうぶ》！

って、思《おも》いながらも、

やっぱり、心《こころ》の奥《おく》では不安《ふあん》だから……。

ホームから見《み》える空《そら》と海《うみ》は、吸《す》いこまれてしまいそうな夜《よる》の色《いろ》。

夏休《なつやす》みの前《まえ》には、部活《ぶかつ》が終《お》わって七時《じ》くらいでも、まだ明《あか》るかったのにな。

九月《がつ》も半《なか》ばをすぎると、急《きゅう》に日《ひ》が短《みじか》くなったように感《かん》じる。

心細《こころぼそ》い気持《きも》ちになるのは、秋《あき》のせい……？

「天音《あまね》。」

その時《とき》、
それまでだまっていた伊吹《いぶき》くんが、口《くち》を開《ひら》いた。

「天音《あまね》は弱《よわ》くない。」

「え？」

わたしをまっすぐに見《み》つめて、力強《ちからづよ》い声《こえ》で言《い》う。

「一見《いっけん》おとなしいようだけど、天音《あまね》は強《つよ》いよ。本当《ほんとう》は、だれよりも強《つよ》くてたくましい。」

「伊吹《いぶき》くん……？」

「自分《じぶん》を信《しん》じろよ、天音《あまね》。」

「信《しん》じる……？」

「オレは、天音《あまね》のそんなところを好《す》きになったんだから。」

「……。」

カンカンカンカン……

踏切《ふみきり》の警報機《けいほうき》が鳴《な》り始《はじ》めた。

鎌倉方面《かまくらほうめん》行《い》きの電車《でんしゃ》が近《ちか》づいてきたんだ。

「せっかく、いいところなんだけど。」

御園《みその》くんが、わたしたちにイタズラっぽい笑顔《えがお》をむける。

「残念《ざんねん》ながら、電車《でんしゃ》がきたぜ。」

「あ……。」

モスグリーンとクリーム色《いろ》に塗《ぬ》り分《わ》けられた電車《でんしゃ》が、ゆっくりホームに入《はい》ってきた。

伊吹《いぶき》くんとわたしは、目《め》をあわせて照《て》れ笑《わら》い。

電車《でんしゃ》がとまって、ドアが開《ひら》く。

もうだいぶ空《す》いている、夜《よる》七時《じ》すぎの上《のぼ》り電車《でんしゃ》。

海側《うみがわ》のドアの横《よこ》に立《た》つと、窓《まど》から江《え》の島《しま》の明《あ》かりが見《み》えた。

ついこのあいだいった江《え》の島《しま》は、今《いま》は暗《くら》い夜《よる》の海《うみ》にポッカリ浮《う》かんで、宝石《ほうせき》みたいな光《ひかり》に縁《ふち》どられている。
てっぺんの灯台《シーキャンドル》は、闇《やみ》を照《て》らす道《みち》しるべだ。
暗《くら》い海《うみ》で、船《ふね》が自分《じぶん》の位置《いち》を見失《みうしな》わないように、導《みちび》いてくれてるんだよね。

ゴトン、ゴトン……
心地《ここち》いい江《え》ノ電《でん》の振動《しんどう》に揺《ゆ》られながら、
わたしは、さっき伊吹《いぶき》くんが言《い》ってくれた言葉《ことば》をかみしめていた。
自分《じぶん》を……信《しん》じる。
それは、今《いま》のわたしにとって、
何《なに》より必要《ひつよう》な言葉《ことば》だったから。

6 勇気《ゆうき》と友情《ゆうじょう》

「やっほ――、天音《あまね》――っ!!」

「がんばってる――?」

「調子《ちょうし》どお――?」

日曜日《にちようび》の弓道場《きゅうどうじょう》。

射場《しゃじょう》のはりつめた空気《くうき》を破《やぶ》って、女《おんな》の子《こ》たちの明《あか》るい声《こえ》がひびく。

入《い》り口《ぐち》のほうに顔《かお》をむけると、弓道着姿《きゅうどうぎすがた》の女子部員《じょしぶいん》、三人《にん》の姿《すがた》があった。

同《おな》じ一年生《ねんせい》でクラスメイトの、月島莉子《つきしまりこ》ちゃん。

それに、清水奈緒《しみずなお》ちゃんと中島友紀《なかじまゆき》ちゃんだ。

「どうしたの？　みんな、お休《やす》みの日《ひ》なのに。」

「そういう天音《あまね》だって、休日《きゅうじつ》なのに稽古《けいこ》してるじゃん！」

ポカンとして問《と》いかけたわたしに、莉子《りこ》ちゃんがカラッと笑《わら》いかける。

「男子《だんし》ふたりをひとりじめして、天音《あまね》だけ特訓《とっくん》なんてズルいよ〜っ。」

「そうそう！」

「わたしたちも、便乗《びんじょう》させて。」

なんて、奈緒《なお》ちゃんと友紀《ゆき》ちゃんも笑《わら》いながら言《い》う。

だけど、
わたしは、三人《にん》の〝本心《ほんしん》〟に気《き》づいていた。

みんな、わたしの応援にきてくれたんだよね。

入院《にゅういん》を二日後《ふつかご》にひかえた日曜日《にちようび》、
顧問《こもん》の先生《せんせい》に特別《とくべつ》に許可《きょか》をもらって、伊吹《いぶき》くんと御園《みその》くんと、三人《にん》で稽古《けいこ》をしていたんだけど。

まさか、莉子《りこ》ちゃんたちもきてくれるなんて！

鎌倉南高校《かまくらみなみこうこう》の弓道場《きゅうどうじょう》は、体育館《たいいくかん》の裏手《うらて》にある。

まわりを木々《きぎ》に囲《かこ》まれた、静《しず》かな場所《ばしょ》だ。

わたしたちがいるのは、板敷《いたじ》きの射場《しゃじょう》。

二十八メートル先《さき》には、的《まと》の並《なら》んでいる安土《あづち》。

そのあいだに、緑《みどり》の芝生《しばふ》の矢道《やみち》がある。

夏《なつ》のあいだ、弓道場《きゅうどうじょう》を包《つつ》んでいたセミの声《こえ》は、いつのまにかきこえなくなっていた。

日曜日《にちようび》の午後《ごご》、
わたしたちは、ひたすらに弓《ゆみ》を引《ひ》く。

しつこい残暑《ざんしょ》のおかげで、弓道着《きゅうどうぎ》はビッショリ。

顔《かお》からは、ポタポタと汗《あせ》がしたたる。

スパン！

時々《ときどき》、だれかの矢《や》が的中《てきちゅう》する音《おと》がひびいた。

伊吹《いぶき》くんはもちろん、莉子《りこ》ちゃんたちも、最近《さいきん》は、たまに的《まと》に当《あ》たるようになってきたから。

わたしは、あいかわらず的中《てきちゅう》はできずにいる。

でも、それはもう気《き》にしないことにした。

今日《きょう》ね、稽古《けいこ》の前《まえ》に、御園《みその》くんに言《い》われたの。

「天音《あまね》ちゃん、本当《ほんとう》はね、弓《ゆみ》は、当《あ》てようと思《おも》って引《ひ》くものじゃないんだよ。」

……って。

「入院前《にゅういんまえ》に的中《てきちゅう》したいって、天音《あまね》ちゃんの気持《きも》ちはわかるし。目標《もくひょう》を持《も》つことも大切《たいせつ》だけどね。」

今日《きょう》の稽古《けいこ》に入《はい》る前《まえ》、正座《せいざ》してむかいあった御園《みその》くんが、静《しず》かな声《こえ》でわたしに言《い》った。

御園《みその》くんは、家《いえ》が茶道《さどう》の家元《いえもと》なの。

子《こ》どもの頃《ころ》から、礼儀作法《れいぎさほう》をしっかり身《み》につけているから、正座《せいざ》をする姿《すがた》さえ美《うつく》しい。

弓道《きゅうどう》も、高一《こう》で「二段《だん》」って、なかなか取《と》れるものじゃないんだって。

「弓道《きゅうどう》はスポーツではなく、『武道《ぶどう》』だから。本来《ほんらい》の目的《もくてき》は、自分《じぶん》の心《こころ》とむきあい、心《こころ》を養《やしな》うこと。的《まと》に当《あ》てることにとらわれて、それを忘《わす》れちゃいけない。」

「自分《じぶん》の心《こころ》とむきあう？」

「そうだよ。それにね、ムリに当《あ》てようとすると、かえって射型《しゃけい》がくずれる。正《ただ》しい姿勢《しせい》で、正《ただ》しく引《ひ》けば、矢《や》は当《あ》たる。当てるんじゃなくて、当たるんだ。」

「なるほど……、そっか。」

わたしのとなりで正座《せいざ》していた伊吹《いぶき》くんも、感心《かんしん》したようにうなずいた。

そうか。

たしかに、わたし、最近《さいきん》、的《まと》に当《あ》てることばかりに夢中《むちゅう》になってた。

その気持《きも》ちが、まちがいだったんだ。

「弓道《きゅうどう》」って、そういうものじゃなかったんだよね。

バン！
パ――――ン！
少《すこ》しずつ日《ひ》の傾《かたむ》いていく弓道場《きゅうどうじょう》に、絶《た》えまなく弦音《つるね》がひびく。
伊吹《いぶき》くんも、御園《みその》くんも、莉子《りこ》ちゃんたちも、
ずっと、わたしにつきあってくれている。

暑《あつ》さは、もう気《き》にならなくなっていた。
時折《ときおり》、射場《しゃじょう》を吹《ふ》き抜《ぬ》ける風《かぜ》が、ポニーテールに結《むす》んだ髪《かみ》を揺《ゆ》らす。
矢道《やみち》の芝生《しばふ》の緑《みどり》がキレイ。
蚊《か》よけのために置《お》かれた、蚊取《かと》り線香《せんこう》のなつかしい香《かお》り。
いいなあ……、こんな時間《じかん》。
なんだか今《いま》、すごくシアワセな気持《きも》ち。
高校《こうこう》に入《はい》るまでは、「弓道《きゅうどう》」なんて、わたしには無縁《むえん》のものだったのに。
思《おも》いきって飛《と》びこんだら、新《あたら》しい世界《せかい》が目《め》の前《まえ》に広《ひろ》がった。
白《しろ》い弓道衣《きゅうどうい》に黒《くろ》い袴《はかま》。
運動《うんどう》の苦手《にがて》なわたしが、手《て》にマメを作《つく》って弓《ゆみ》を引《ひ》いてる。
同《おな》じ部活《ぶかつ》の「仲間《なかま》」と一緒《いっしょ》に。
それだけで充分《じゅうぶん》だ。
三年前《ねんまえ》、「小児脳腫瘍《しょうにのうしゅよう》」という病気《びょうき》になった。
手術《しゅじゅつ》をして元気《げんき》になったけど、「再発《さいはつ》」の可能性《かのうせい》もあると言《い》われた。

三年生存率《ねんせいぞんりつ》、七〇パーセント……と。
だからわたしは、〝今《いま》〟をせいいっぱい生《い》きようと決心《けっしん》したんだ。
おとなしくて、引《ひ》っこみじあんな自分《じぶん》を変《か》えよう……って。
今《いま》までできなかったことに、チャレンジしよう……って。
今《いま》しかない、一瞬《いっしゅん》、一瞬《いっしゅん》を、
悔《く》いがないように、一生懸命《いっしょうけんめい》に生《い》きようと思《おも》った。
「弓道《きゅうどう》」だって、おんなじなんだ。
今《いま》のこの、一瞬《いっしゅん》、一瞬《いっしゅん》、
一射《いっしゃ》、一射《いっしゃ》を、大切《たいせつ》にすること。
自分《じぶん》の心《こころ》とむきあって、
自分《じぶん》にできる、せいいっぱいで。
そして、
自分《じぶん》を信《しん》じて……！

スパン！

え……？

二十八メートル先《さき》の安土《あづち》で、胸《むね》のすくような力強《ちからづよ》い音《おと》がきこえた。

え？　え……？

もしかして、

たった今《いま》、わたしの放《はな》った矢《や》が、

的《まと》に……、当《あ》たった？

「天音《あまね》!!」

「残心《ざんしん》」の姿勢《しせい》のままポカンとしているわたしを、前《まえ》で引《ひ》いていた莉子《りこ》ちゃんがふりかえる。

「当《あ》たった！　当《あ》たってるよ!!」

「え……、ホントに？」

安土《あづち》のほうに、目《め》をこらす。

矢道《やみち》の先《さき》に小《ちい》さく見《み》える、直径《ちょっけい》三十六センチの丸《まる》い的《まと》。

その、まん中《なか》より少《すこ》し右側《みぎがわ》に、たしかに矢《や》が刺《さ》さってる。

わたしの、はじめての……。


「的中《てきちゅう》だ！」

背中《せなか》で、伊吹《いぶき》くんの声《こえ》がした。

ふりむいた目《め》に映《うつ》る、満面《まんめん》の笑《え》み。

「天音《あまね》ちゃん！」

「天音《あまね》、やったじゃん!!」

御園《みその》くんも、
奈緒《なお》ちゃんと、友紀《ゆき》ちゃんも。

みんなが、こっちを見《み》て瞳《め》を輝《かがや》かせている。

「よかったな。」

「うん……！」

やった！　やったよ!!
胸《むね》の奥《おく》からうれしさがこみあげて、
伊吹《いぶき》くんの笑顔《えがお》が、汗《あせ》と涙《なみだ》でにじんだ瞬間《とき》、
ようやく、実感《じっかん》がわいてきた。
本当《ほんとう》に、
はじめて、
わたしの矢《や》が「的中《てきちゅう》」したんだ……って。

その日《ひ》、
夕方《ゆうがた》まで弓《ゆみ》を引《ひ》いて、わたしは三射的中《しゃてきちゅう》することができた。
まだまだ、的中率《てきちゅうりつ》は限《かぎ》りなく低《ひく》いけど。
「当《あ》てる」じゃなくて、「当《あ》たる」……って、
御園《みその》くんの言葉《ことば》の意味《いみ》が、少《すこ》しだけわかってきたみたい。

的中《てきちゅう》することだけが目的《もくてき》じゃない。

自分自身《じぶんじしん》とむきあって、自分《じぶん》の〝射《しゃ》〟を見《み》つけていくこと。

終《お》わりのないその〝道《みち》〟が、「弓道《きゅうどう》」なのかもしれないね。


金色《きんいろ》の西日《にしび》が、矢道《やみち》をななめに照《て》らしている。

わたしたちは、射場《しゃじょう》に三人《にん》ずつ並《なら》んでむかいあった。

稽古《けいこ》の最初《さいしょ》と最後《さいご》には、正座《せいざ》して礼《れい》をするのが作法《さほう》なの。

「ありがとうございました。」

板敷《いたじ》きの床《ゆか》に手《て》をついて、お互《たが》いに頭《あたま》を下《さ》げた。

そのあとで、
わたしは、ひとりだけ立《た》ち上《あ》がって、少《すこ》しはなれたところにすわりなおす。

「天音《あまね》？」

「どうしたの？」

みんなは一瞬不思議《いっしゅんふしぎ》そうな顔《かお》をしたけれど、すぐに、わたしの気持ちをさっしてくれたようだった。
あらたまった表情《ひょうじょう》で、わたしの前《まえ》に一列《れつ》に並《なら》んですわる。
そんなみんなの顔《かお》を見《み》わたして、
わたしは、深《ふか》く深《ふか》く〝礼《れい》〟をした。
根気強《こんきづよ》く指導《しどう》してくれた御園《みその》くん。
ずっと、側《そば》で見守《みまも》っていてくれた伊吹《いぶき》くん。
今日一日《きょういちにち》、稽古《けいこ》につきあってくれた莉子《りこ》ちゃん、奈緒《なお》ちゃん、友紀《ゆき》ちゃん。
言葉《ことば》じゃなくて、
一緒《いっしょ》に弓《ゆみ》を引《ひ》くことで、応援《おうえん》してくれた「仲間《なかま》」たちに、
心《こころ》からの感謝《かんしゃ》を込《こ》めて。
「ありがとうございました！」
「天音《あまね》……。」
莉子《りこ》ちゃんたちが、ちょっとだけ涙《なみだ》ぐんでいる。

伊吹《いぶき》くんと御園《みその》くんは、かすかに微笑《わら》ってうなずいた。
いよいよ、入院《にゅういん》は明後日《あさって》だ。
みんなからもらった、「勇気《ゆうき》」と「友情《ゆうじょう》」を胸《むね》に抱《だ》いて、
鈴原天音《すずはらあまね》、いってきます！

7 かけがえのない人《ひと》

三年前《ねんまえ》の手術《しゅじゅつ》の時《とき》は、まだ長野《ながの》に住《す》んでいた。

中一《ちゅう》だったわたしは、小児医療専門《しょうにいりょうせんもん》の、「長野県立《ながのけんりつ》こども病院《びょういん》」に入院《にゅういん》したんだよね。

高一《こう》になった今《いま》は、こども病院《びょういん》じゃなくて、一般《いっぱん》の病院《びょういん》。

横浜《よこはま》のみなとみらい地区《ちく》にある、大《おお》きな病院《びょういん》だ。

今週《こんしゅう》いっぱいは、詳《くわ》しい術前検査《じゅつぜんけんさ》と手術《しゅじゅつ》にむけての準備《じゅんび》。

そして、来週半《らいしゅうなか》ばに手術《しゅじゅつ》の予定《よてい》。

「再発《さいはつ》」といっても、今《いま》はまだ自覚症状《じかくしょうじょう》もないし元気《げんき》だから、自分《じぶん》では〝病人《びょうにん》〟て気《き》がしない。

でも、毎月《まいつき》ちゃんと定期検査《ていきけんさ》をうけていたおかげで、症状《しょうじょう》がでる前《まえ》に、再発《さいはつ》を見《み》つけることができたんだって。

中二《ちゅう》の時《とき》からわたしが診《み》てもらっていた「森《もり》の風《かぜ》クリニック」は、伊吹《いぶき》くんのご両親《りょうしん》の病院《びょういん》。

主治医《しゅじい》の恵子先生《けいこせんせい》には、本当《ほんとう》に感謝《かんしゃ》だ。

伊吹《いぶき》くんや、栞《しおり》や柚月《ゆづき》くんも、学校帰《がっこうがえ》りに顔《かお》を見《み》せにきてくれるよ。

だから、入院生活《にゅういんせいかつ》もさみしくない。

それにね、
今日《きょう》はもうひとり、思いがけない人が会《あ》いにきてくれたの！


「きゃ〜〜っ、ここ、ながめ最高《さいこう》じゃん！　みなとみらいが一望《いちぼう》だね。」

病院《びょういん》の最上階《さいじょうかい》、ガラス張《ば》りの展望《てんぼう》ルームで、制服姿《せいふくすがた》の女《おんな》の子《こ》が歓声《かんせい》をあげる。

栗色《くりいろ》がかったポニーテール、
水色《みずいろ》のブラウスに白《しろ》いベスト。

短《みじか》めのスカートから、スラリと伸《の》びた長《なが》い足《あし》。

ちょっとハデめな顔立《かおだ》ちの、美人《びじん》ＪＫ《ジェーケー》。

そう！

おひさしぶりの、杏奈《あんな》。

中学時代《ちゅうがくじだい》の「友《とも》だち」、三倉杏奈《みくらあんな》が、お見舞《みま》いにきてくれたんだよ。

「昨日《きのう》、学校帰《がっこうがえ》りに道《みち》で天音《あまね》のお母《かあ》さんに会《あ》ってさ。ちょっと立《た》ち話《ばなし》してたら、天音《あまね》が入院《にゅういん》してるっていうじゃん。びっくりしたよ！」

杏奈《あんな》とわたしの家《いえ》は、同《おな》じ住宅街《じゅうたくがい》のご近所同士《きんじょどうし》。

そして、杏奈《あんな》も、わたしの〝病気《びょうき》〟のことを知《し》っていたひとり。

星《ほし》の森《もり》に引《ひ》っこしてきた中二《ちゅう》の頃《ころ》ね、最初《さいしょ》は、杏奈《あんな》はわたしにとって〝天敵《てんてき》〟だったの。

クラスのボス女子《じょし》だった杏奈《あんな》は、とある理由《わけ》があって、わたしを「目《め》の敵《かたき》」にしてたから。

だけど、その後《あと》いろんなことがあって、
杏奈《あんな》とわたしは、いい「友《とも》だち」になることができたんだよ。

でもまさか、杏奈《あんな》がきてくれるなんて思《おも》わなかったな。

久《ひさ》しぶりに会《あ》えて、うれしい！


「近所《きんじょ》に住《す》んでるのに、高校入《こうこうはい》ってからぜんぜん会《あ》わなかったよね。わたし、部活《ぶかつ》でけっこう帰《かえ》りが遅《おそ》かったし。夏休《なつやす》みも部活《ぶかつ》で。」

「ああ、そうそう！　伊吹《いぶき》と一緒《いっしょ》に弓道部《きゅうどうぶ》に入《はい》ったって言《い》ってたよね。伊吹《いぶき》はともかく、天音《あまね》が弓道《きゅうどう》なんて、意外《いがい》すぎでしょ！」

「うん、自分《じぶん》でもそう思《おも》う。」

「でも、あの弓道着《きゅうどうぎ》はカッコいいよね！　あれを着《き》ると、女子《じょし》はみんなかわいく見《み》えない？」

「うんうん、それにあこがれたのもある！　男子《だんし》の弓道着姿《きゅうどうぎすがた》もステキなんだよ！」

「伊吹《いぶき》はとくに……って言《い》いたいんじゃない？」

「えっ？　それは……。」

からかうように、ニンマリ笑《わら》いかける杏奈《あんな》。

時々《ときどき》、LINE《ライン》で近況報告《きんきょうほうこく》しあってたけど、顔《かお》をあわせるのは何《なん》か月《げつ》ぶりだろう。

だけど、こうして話《はな》してると、中学時代《ちゅうがくじだい》に戻《もど》ったみたい。

ちなみに、杏奈《あんな》と伊吹《いぶき》くんは、幼稚園《ようちえん》の頃《ころ》からの幼《おさな》なじみなの。


この展望《てんぼう》ルームは、入院患者《にゅういんかんじゃ》やお見舞《みま》いの人《ひと》たちの憩《いこ》いの場所《ばしょ》。

横浜《よこはま》でも屈指《くっし》の観光《かんこう》スポット、みなとみらい地区《ちく》の景色《けしき》が見《み》わたせる。

地上《ちじょう》七十階《かい》建《だ》ての高層《こうそう》ビル、横浜《よこはま》ランドマークタワー。

白《しろ》い船《ふね》の帆《ほ》みたいな形《かたち》が特徴的《とくちょうてき》な、ヨコハマグランドインターコンチネンタルホテル。

世界最大級《せかいさいだいきゅう》と言《い》われるほど大《おお》きな観覧車《かんらんしゃ》が、夕陽《ゆうひ》を浴《あ》びて光《ひか》っているのも見《み》える。

あの観覧車《かんらんしゃ》のある遊園地《ゆうえんち》は、中二《ちゅうに》の冬《ふゆ》、伊吹《いぶき》くんとのはじめてのデートでいった場所《ばしょ》だ。

いつかまたいきたい……って思《おも》ってたのに。

病院《びょういん》の展望《てんぼう》ルームからながめることになるなんて……。

「天音《あまね》？」

ふとだまりこんだわたしを、杏奈《あんな》が心配《しんぱい》そうにのぞきこむ。

「どした？」

「あ、ううん！　なんでも……。」

「いいよ、ムリしなくて。」

そう言《い》って、ガラス窓《まど》のほうに目《め》を移《うつ》す。

さっきまでとはちがう、マジメな表情《かお》で。

「たいへんだよね……、手術《しゅじゅつ》。」

「うん……、まあ。」

「でも、きっと大丈夫《だいじょうぶ》だと思《おも》う。天音《あまね》は、見《み》かけによらずしぶといから！」

「しぶとい⁉」

「そうじゃん？　わたし、最初《さいしょ》の頃《ころ》、けっこうキツくあたったのにさ、天音《あまね》、メゲなかったじゃない。」

「あ……。」

杏奈《あんな》とわたしは、顔《かお》を見《み》あわせて、思《おも》わず吹《ふ》きだす。

たしかに！

中二《ちゅう》の途中《とちゅう》まで、杏奈《あんな》、けっこうヒドかったよね。

体育祭《たいいくさい》で、ムリやりリレーの選手《せんしゅ》を押《お》しつけられたり。

テストの前《まえ》に、教科書《きょうかしょ》かくされたり。

校舎《こうしゃ》の屋上《おくじょう》に呼《よ》びだされて、平手打《ひらてう》ちされたこともあったっけ！

でも、それには深《ふか》い理由《わけ》があったんだ。

杏奈《あんな》と伊吹《いぶき》くんには、もうひとり、幼《おさな》なじみがいたの。

「麻衣《まい》さん」……ていう女《おんな》の子《こ》。

小学校《しょうがっこう》五年《ねん》の時《とき》に、伊吹《いぶき》くんと麻衣《まい》さんは、一緒《いっしょ》に不幸《ふこう》な交通事故《こうつうじこ》に遭《あ》って……、

麻衣《まい》さんだけが、亡《な》くなってしまったんだって。

そのことで、伊吹《いぶき》くんはもちろん、麻衣《まい》さんの「親友《しんゆう》」だった杏奈《あんな》も、心《こころ》に深《ふか》い〝傷《きず》〟を負《お》ってしまってね。

ちょっとした〝誤解《ごかい》〟もあって、ずっと伊吹《いぶき》くんのことを恨《うら》んでいたの。

でも、伊吹《いぶき》くんと杏奈《あんな》が仲《なか》なおりするために、わたしが少《すこ》しだけ力《ちから》になることができて……。

それがキッカケで、杏奈《あんな》と親《した》しくなることができたんだよね。

「今《いま》さらだけど、ごめん！　あの頃《ころ》は、荒《あ》れてたからさ。」

照《て》れくさそうに、杏奈《あんな》が小《ちい》さく笑《え》みを浮《う》かべる。

「けど、ちょっとは素直《すなお》になれたのも、伊吹《いぶき》と元《もと》どおりになれたのも、天音《あまね》のおかげだと思《おも》ってる。」

「えっ？」

「今《いま》までちゃんと言《い》えてなかったけど……。感謝《かんしゃ》してるんだ、マジで。」

「……。」

思《おも》いもよらなかった、その言葉《ことば》。

ポカンとつっ立《た》っているわたしにむかって、杏奈《あんな》は、大人《おとな》びた笑顔《かお》でこうつづける。

「それは、伊吹《いぶき》も同《おな》じだと思《おも》う……ってか、伊吹《いぶき》にとっては、天音《あまね》はもう、ぜったいに必要《ひつよう》な……。なんていうか、かけがえのない人になってると思《おも》うから。」

「かけがえのない……？」

「だから、早《はや》く退院《たいいん》して、あいつの側《そば》にいてやんなよね！」

「杏奈《あんな》……。」

おどろきと、うれしさと、誇《ほこ》らしさで胸《むね》がつまる。

い、い、最上《さいじょう》の言葉《ことば》。

「彼《かれ》」の幼《おさな》なじみからの、最上の言葉《ことば》だ。

「ありがと……、杏奈《あんな》。」

わたしの言葉《ことば》に、勝《か》ち気《き》そうな瞳《め》を細《ほそ》めて、
杏奈《あんな》は、グッと親指《おやゆび》を立《た》てた。

力強《ちからづよ》い、彼女《かのじょ》のエール。

ここにもひとり、たのもしい「応援団《おうえんだん》」がいる。

なんて心強《こころづよ》いんだろう。

そろそろ、日没《にちぼつ》の時間《じかん》がせまっていた。

夕陽《ゆうひ》が、みなとみらいのビル群《ぐん》をほんのりピンク色《いろ》に染《そ》めて、大観覧車《だいかんらんしゃ》には七色《なないろ》の明《あ》かりが灯《とも》る。

杏奈《あんな》と並《なら》んで、そんな美《うつく》しい景色《けしき》をながめながら、

わたしはあらためて、病気《びょうき》に立《た》ちむかう「勇気《ゆうき》」をふるいおこしていた。

でも……。

手術《しゅじゅつ》を前《まえ》に。

わたしは、もうひい、い、とつ、、

きびしい〝現実《げんじつ》〟をつきつけられることになるのだけれど。

8 リスク

週《しゅう》が明《あ》けると、いよいよ、その日が目前《もくぜん》にせまってきた。

手術《しゅじゅつ》まで、あと二日《ふつか》。

術前検査《じゅつぜんけんさ》の結果《けっか》もでそろったということで、パパとママが、夕方《ゆうがた》そろって病院《びょういん》にやってきた。

わたしと一緒《いっしょ》に、手術《しゅじゅつ》に関《かん》する詳《くわ》しい説明《せつめい》をうけるために。

せまい個室《こしつ》のカンファレンスルームには、手術《しゅじゅつ》を執刀《しっとう》してくれる脳外科医《のうげかい》の沢木先生《さわきせんせい》と、麻酔科《ますいか》の先生《せんせい》が同席《どうせき》している。

沢木先生《さわきせんせい》は、四十歳《さい》くらいの、黒縁《くろぶち》メガネの男《おとこ》の先生《せんせい》。

身体《からだ》が大《おお》きくて、声《こえ》がおだやかでやさしい。

すごく、信頼《しんらい》できそうな先生《せんせい》なんだよ。

パソコンのモニターに、わたしの脳《のう》の断面図《だんめんず》を映《うつ》して、沢木先生《さわきせんせい》はわかりやすく説明《せつめい》してくれた。

「天音《あまね》さんの腫瘍《しゅよう》は、この部分《ぶぶん》……。前回《ぜんかい》の手術《しゅじゅつ》では取《と》りきることのできなかったものですが、今回《こんかい》はご本人《ほんにん》の希望《きぼう》もあって、完全切除《かんぜんせつじょ》をめざします。」

「はい。」

緊張《きんちょう》でちょっとドキドキしながら、先生《せんせい》の言葉《ことば》にうなずく。

パパとママも、わたしの横《よこ》でかたい表情《ひょうじょう》をしている。

「術後《じゅつご》に、化学療法《かがくりょうほう》や放射線治療《ほうしゃせんちりょう》などが必要《ひつよう》になるかどうかは、今《いま》の時点《じてん》では何《なん》とも言《い》えません。腫瘍《しゅよう》をどこまで切除《せつじょ》することができるか。また、切除《せつじょ》した腫瘍《しゅよう》の組織《そしき》などを検査《けんさ》して、検討《けんとう》することになります。それと……。」

先生《せんせい》がわたしにむきなおって、今《いま》までよりもゆっくりした口調《くちょう》で続《つづ》ける。

「今回《こんかい》の手術《しゅじゅつ》に際《さい》しては、腫瘍《しゅよう》が脳《のう》の深《ふか》い部分《ぶぶん》にあるため、それを切除《せつじょ》することで、まわりの組織《そしき》や神経《しんけい》に傷《きず》がつく可能性《かのうせい》もあります。」

「え……？」

ドキン！て、胸《むね》が大《おお》きく波打《なみう》った。

「手術《しゅじゅつ》には細心《さいしん》の注意《ちゅうい》をはらいますが。場合《ばあい》によっては、手術後《しゅじゅつご》に何《なん》らかの〝後遺症《こういしょう》〟がでるかもしれないということは、ご承知《しょうち》ください。」

〝後遺症《こういしょう》〟……って？

「あの……、それは、たとえばどのような？」

とっさに言葉《ことば》のでないわたしのかわりに、パパが不安《ふあん》げに問《と》いかける。

「そうですね……。損傷《そんしょう》する部位《ぶい》によっても変《か》わってきますが、可能性《かのうせい》のあるものとしては、視力《しりょく》が失《うしな》われたり、身体《からだ》に麻痺《まひ》がでるなど。または、言語障害《げんごしょうがい》や、記憶障害《きおくしょうがい》というようなことも考《かんが》えられます。」

「……！」

となりで、ママが小《ちい》さく息《いき》をのんだのがわかった。

え？

視力《しりょく》が失《うしな》われる……って、
目が、い、い、見えなくなる、なる……ってこと？

身体《からだ》に……、麻痺《まひ》？

ウソでしょ？

今回《こんかい》の手術《しゅじゅつ》には、そんな大《おお》きなリスク、、、があるの……？

「もちろん、そういった後遺症《こういしょう》が、必《かなら》ずでるというわけではありません。」

わたしが青《あお》ざめたのに気《き》づいたのか、沢木先生《さわきせんせい》は、やわらかな笑顔《えがお》を作《つく》って言《い》った。

「あくまでも、その可能性《かのうせい》もあるということです。」

って。

でも……。

「大丈夫《だいじょうぶ》よ、天音《あまね》。先生《せんせい》は、万《まん》が一《いち》の時《とき》のことをおっしゃっただけだから。」

「そうだよ。手術《しゅじゅつ》のリスクっていうのは、可能性《かのうせい》は低《ひく》くても、一応《いちおう》、事前《じぜん》に話《はな》しておかなきゃならないんだよ。そう心配《しんぱい》することはない。」

カンファレンスが終《お》わって病室《びょうしつ》に帰《かえ》ってから、パパとママは、わたしを安心《あんしん》させようと必死《ひっし》だった。

だからわたしも、なるべく平気《へいき》な顔《かお》をよそおっていたけれど。

パパとママが帰《かえ》ってひとりになったとたん、
ズン……って、沢木先生《さわきせんせい》の言葉《ことば》が胸《むね》にのしかかってきたんだ。

手術《しゅじゅつ》による〝後遺症《こういしょう》〟の可能性《かのうせい》。

今《いま》まで、そのことはあまり考《かんが》えたことがなかった。

手術《しゅじゅつ》と、そのあとにうけなければならないかもしれない〝治療《ちりょう》〟は、覚悟《かくご》していたけど。

それさえ乗《の》りこえれば、元気《げんき》になれる……って、思《おも》いこんでた。

でも、もしかして……、
もしも、重大《じゅうだい》な後遺症《こういしょう》が残《のこ》ってしまったとしたら……？

病室《びょうしつ》の窓《まど》からは、星《ほし》ひとつない暗《くら》い夜空《よぞら》が見《み》える。

時刻《じこく》は、七時《じ》すぎ。

いつもは、部活《ぶかつ》を早退《そうたい》した伊吹《いぶき》くんが、学校帰《がっこうがえ》りに面会《めんかい》にきてくれる時間《じかん》。
今日《きょう》は、カンファレンスの予定《よてい》があったから、面会《めんかい》はお休《やす》み。
だけど、スマホの電源《でんげん》を入《い》れると、ＬＩＮＥ《ライン》の着信《ちゃくしん》が表示《ひょうじ》されていた。
伊吹《いぶき》くんからだ。
『調子《ちょうし》どう？　今《いま》、部活終《ぶかつお》わったとこ。明日《あした》は、早《はや》めにいく。』
そんなメッセージに、すぐに返信《へんしん》することができなくて……。
わたしは、ずっと窓《まど》ごしの空《そら》をながめていた。
薄暗《うすぐら》い病室《びょうしつ》の窓辺《まどべ》に立《た》って、
新《あら》たに生《う》まれた「不安《ふあん》」と「迷《まよ》い」に、押《お》しつぶされそうになりながら。

9 未来《みらい》の約束《やくそく》

その夜《よる》は、なかなか寝《ね》つけなくて、
ずっと、ベッドの中《なか》で考《かんが》えていた。
手術《しゅじゅつ》というハードルを乗《の》りこえたとしても、
そのあとに待《ま》っているかもしれない〝後遺症《こういしょう》〟のリスクについて。
パパとママは「そう心配《しんぱい》することはない。」って言《い》ったけど、
平気《へいき》でいられるわけはないよ。
だって……、
もしかしたら、目《め》が見《み》えなくなるかもしれないんだよ。
身体《からだ》に麻痺《まひ》がでたら、手《て》や足《あし》が不自由《ふじゆう》になるかもしれない。
「生《い》きる」ために、むずかしい手術《しゅじゅつ》をうけることを決断《けつだん》したけれど、

病気《びょうき》が治《なお》ったとしても、わたしの〝未来《みらい》〟は、夢見《ゆめみ》ていたものとはちがってしまうかもしれないんだ。

わたしね、将来《しょうらい》の夢《ゆめ》は「看護師《かんごし》」になることなの。

伊吹《いぶき》くんは「医師《いし》」をめざしているから、同《おな》じ「医療者《いりょうしゃ》」という道《みち》に進《すす》めたらいいな

……って。

だけど、もし身体《からだ》に大《おお》きな障害《しょうがい》が残《のこ》ったら、看護師《かんごし》になるのはムリかもしれない。

それどころか、今《いま》の高校《こうこう》に通《かよ》いつづけることすらできなくなるかも……？

弓道部《きゅうどうぶ》に戻《もど》るのは、きっとムリだよね。

栞《しおり》や柚月《ゆづき》くんとも、今《いま》までみたいに、一緒《いっしょ》に行動《こうどう》できなくなるのかな？

それに、伊吹《いぶき》くんとも……。

今日《きょう》、先生《せんせい》からきかされた、術後《じゅつご》のさまざまな〝後遺症《こういしょう》〟。

もしも、いいそれが現実《げんじつ》になったとしたら、

わたしは、どうすればいいんだろう……？

「天音《あまね》、どした？」

翌日《よくじつ》の夕方《ゆうがた》、

面会《めんかい》にきてくれた伊吹《いぶき》くんは、病室《びょうしつ》でわたしの顔《かお》を見《み》るなり、表情《ひょうじょう》をくもらせた。

バレちゃうなあ、やっぱり。

昨夜《ゆうべ》、ほとんど眠《ねむ》れなかったから、目《め》の下《した》にクマ、、ができちゃってるもんね。

朝方《あさがた》まで寝《ね》つけずに、ずっとグルグル考《かんが》えていた。

もしも……の時《とき》のこと。

そして、

朝《あさ》までかかって、やっと気持《きも》ちを整理《せいり》することができたんだ。

明日《あした》の手術《しゅじゅつ》を前《まえ》にして、

ようやく、今《いま》、わたしがするべきこと、、が、わかったんだよ。

「伊吹《いぶき》くん、展望《てんぼう》ルームにいかない？」

「うん、いいけど……。」

「話《はな》したいことがあるの。」

「話《はな》したいこと？」

そろそろ、夕焼《ゆうや》けの時間《じかん》だ。

あの、大好《だいす》きなみなとみらいの夕景《ゆうけい》が見《み》える場所《ばしょ》で、伊吹《いぶき》くんに、言《い》わなければならないことがある。

昼間《ひるま》は人気《にんき》の展望《てんぼう》テラスも、夕方《ゆうがた》のこの時間《じかん》は他《ほか》にだれもいない。
病院《びょういん》の夕食《ゆうしょく》は早《はや》いから、もう少《すこ》ししたら配膳《はいぜん》が始《はじ》まるものね。
ふたりきり、貸《か》し切《き》りの展望《てんぼう》ルームで、
わたしは伊吹《いぶき》くんに話《はな》したの。
昨日《きのう》、沢木先生《さわきせんせい》から説明《せつめい》をうけた、手術《しゅじゅつ》に関《かん》する「リスク」のことを。
術後《じゅつご》にでるかもしれない〝後遺症《こういしょう》〟のこと……ぜんぶ。
伊吹《いぶき》くんは、ずっとだまって、わたしの言葉《ことば》をうけとめていてくれた。

すべてをきき終《お》えた時《とき》、
いつもと変《か》わらない、静《しず》かな表情《かお》で。

「……わかった。」

って、うなずいた。

もしかしたら、

「医師《いし》」を目指《めざ》している伊吹《いぶき》くんは、そういうリスクの可能性《かのうせい》も、うすうす予想《よそう》していたんじゃないだろうか？

それでも、ずっと、わたしの側《そば》にいてくれた。

これからも、ずっと、わたしを側《そば》で支《ささ》えようとしてくれているんだと思《おも》う。

だからこそ、自分から言《い》わなきゃいけないんだ。

「伊吹《いぶき》くん。」

「うん？」

ひとつ大《おお》きく深呼吸《しんこきゅう》して、伊吹《いぶき》くんにむきなおる。

昨夜《ゆうべ》、ひと晩中考《ばんじゅうかんが》えて、ようやくだした〝答《こた》え〟を、思《おも》い切《き》って、口《くち》にする。

「あのね、もしも手術《しゅじゅつ》で重《おも》い〝後遺症《こういしょう》〟が残《のこ》ったら……。その時《とき》は、別れてほしいの。」

「天音《あまね》？」

形《かたち》のいい頬《ほお》のラインが、かすかにこわばった。

「どういうこと？」

「だって……。」

静《しず》かな問《と》いかけに、言葉《ことば》につまる。

だって、そうでしょう？

「もしも、目《め》が見《み》えなくなったり、歩《ある》けなくなったりしたら……。今《いま》までどおりに、一緒《いっしょ》にはいられないよ。高校《こうこう》だって変《か》わることになるかもしれないし、他《ほか》にもいろいろ……。」

そうなったら、わたしはもう、伊吹《いぶき》くんと並《なら》んで、同《おな》じペースでは歩《ある》けない。

同《おな》じ〝夢《ゆめ》〟を目指《めざ》して歩《ある》いていくことはできない。

だから……。

ギュッ……て、両手《りょうて》をにぎりしめて、
目《め》の前《まえ》の「彼《かれ》」にむかって、もう一度《いちど》キッパリと言《い》う。

「その時《とき》は、別《わか》れてほしい。」

「……………。」

沈黙《ちんもく》。

沈黙《ちんもく》。

伊吹《いぶき》くんは何《なに》も言《い》わずに、まっすぐわたしを見《み》つめている。

やがて、ボソリと、

「やだね。」

って、ぶっきらぼうな声《こえ》が返《かえ》ってきた。

「え？」

「どんな天音《あまね》になったって、好《す》きでいるのは、オレの自由《じゆう》だ。オレは、オレのしたいようにする。」

伊吹《いぶき》くんの、いつになく強《つよ》い口調《くちょう》。

「でも……、伊吹《いぶき》くん。」

そんなにカンタンなことじゃないよ。

「身体《からだ》が不自由《ふじゆう》になるだけじゃない。〝言語障害《げんごしょうがい》〟がでたら、ちゃんと話《はな》せなくなることだってある。〝記憶障害《きおくしょうがい》〟になったら、伊吹《いぶき》くんのことだって、わからなくなっちゃうかもしれないんだよ！」

言葉《ことば》にしたら、今《いま》までムリやりおさえこもうとしていた感情《かんじょう》が、いっきに爆発《ばくはつ》してしまった。

不安《ふあん》で、怖《こわ》くて、心細《こころぼそ》くてたまらない。

でも、伊吹《いぶき》くんにたよっちゃダメだ。

巻《ま》きこんじゃダメだ……って、必死《ひっし》に考《かんが》えて決心《けっしん》したことなのに。

「イヤなの、わたし。」

こみあげた涙《なみだ》で、伊吹《いぶき》くんの顔《かお》がかすむ。

「伊吹《いぶき》くんの〝重荷《おもに》〟には、なりたくない。」

「重荷《おもに》？」

うつむいて閉《と》じた目《め》から、熱《あつ》い涙《なみだ》がこぼれ落《お》ちた。

ああ……、やだな。

手術《しゅじゅつ》は、もう明日《あした》なのに。

伊吹《いぶき》くんと、言《い》いあいたくなんかないのに。

もしかしたら、こんなふうに話《はなし》ができるのだって、最後《さいご》になるかもしれないのに。

なのに……。


「天音《あまね》。」

その時《とき》、ふと、
少《すこ》し冷《つめ》たい指先《ゆびさき》が、頰《ほお》に触《ふ》れた。

「なんで……、わかんないかな。」

「……？」

目《め》を上《あ》げるよりも早《はや》く、

制服姿《せいふくすがた》の男《おとこ》の子《こ》が、わたしの身体《からだ》を抱《だ》きよせる。

「伊吹《いぶき》くん？」

「重荷じゃない。」

「え……？」

「何度《なんど》も、言《い》わせんなよ。」

じれたような声《こえ》が、耳《みみ》もとでひびく。

「天音《あまね》にオレが必要《ひつよう》なんじゃない。オ、オレに、天音《あまね》が必要《ひつよう》なんだ。」

あ……。

ザワッ……て、
病院《びょういん》の展望《てんぼう》ルームに、ふいに、夜《よる》の風《かぜ》が吹《ふ》いたような気《き》がした。
伊吹《いぶき》くんのこの言葉《ことば》、以前《いぜん》にもきいたことがある。
あれは、五月《がつ》の末《すえ》くらいだったかな。
学校帰《がっこうがえ》りの、夜《よる》の公園《こうえん》。

あの時《とき》も、わたしは迷《まよ》ってた。

いつ再発《さいはつ》するかわからない〝病気《びょうき》〟を抱《かか》えたわたしに、伊吹《いぶき》くんに恋《こい》する〝資格《しかく》〟はあるのかな……って。

そんなわたしに、伊吹《いぶき》くんがこの言葉《ことば》を言《い》ってくれたんだよね。

「オレに、天音《あまね》が必要《ひつよう》なんだ。」

……って。


「伊吹《いぶき》くん……。」

「何《なに》があっても、天音《あまね》は、天音《あまね》だ。」

わたしの身体《からだ》を抱《だ》きしめたままで、「彼《かれ》」が言《い》う。

「もし、話《はな》せなくなったとしても、顔《かお》を見《み》れば、天音《あまね》の考《かんが》えてることぐらいわかる。」

「………。」

「オレのことを忘《わす》れたなら、また、最初《さいしょ》から始《はじ》めればいい。」

「え？」

「中二《ちゅう》の春《はる》、出会《であ》ったところから。」

中二《ちゅう》の春《はる》……。

伊吹《いぶき》くんの言葉《ことば》に、わたしの心《こころ》は、いっきにあの日に引《ひ》きもどされる。

桜《さくら》の頃《ころ》、

星《ほし》の森中学校《もりちゅうがっこう》に転入《てんにゅう》した最初《さいしょ》の日《ひ》。

となりの席《せき》にすわってた、ちょっと大人《おとな》っぽい男《おとこ》の子《こ》。

どうしてか、気《き》になって。

少《すこ》しずつ、心《こころ》が近《ちか》づいて。

好《す》きになって。

好《す》きになってもらえて。

一緒《いっしょ》にすごしてきた、この二年半《ねんはん》。

もしも、その〝記憶《きおく》〟を失《な》くしてしまったとしても。

やりなおせるのかな？

もう一度《いちど》、最初《さいしょ》から……。

そうだ。
わたし、見失《みうしな》ってた。
今《いま》も、そして、これからも、
わたしがやるべきことは、たったひとつだったのに。

「伊吹《いぶき》くん。」

「うん？」

背中《せなか》にまわしていた腕《うで》をゆるめて、わたしをのぞきこむ伊吹《いぶき》くん。

その「彼《かれ》」を見《み》あげて、今日《きょう》、はじめての笑《え》みを浮《う》かべる。

「わたし、きっとまた、伊吹《いぶき》くんを好《す》きになる自信《じしん》があるよ。」

「天音《あまね》？」

「わたしも、伊吹《いぶき》くんに好《す》きでいてもらえるわたしでいたい。この先《さき》、何《なに》があっても、どんな時《とき》も。せいいっぱい生《い》きるわたしでいる！」

「………。」

伊吹《いぶき》くんの瞳《ひとみ》の中《なか》にも、ゆっくりと、光《ひかり》のような微笑《えみ》が広《ひろ》がっていく。

その時《とき》、ようやく気《き》がついた。

伊吹《いぶき》くんの肩《かた》ごしに見《み》える空《そら》が、びっくりするくらいあざやかな色《いろ》に変《か》わっていたことに。

オレンジと赤《あか》と金《きん》、
いくつもの色《いろ》が重《かさ》なり合《あ》い、燃《も》え上《あ》がるような、壮大《そうだい》な空《そら》のキャンバス。

夕焼《ゆうや》けの色《いろ》を映《うつ》すバラ色《いろ》の海《うみ》。

そのむこうに、
みなとみらいのビル群《ぐん》と並《なら》んで、花火《はなび》みたいな大観覧車《だいかんらんしゃ》の明《あ》かりが見《み》える。


「ねえ、伊吹《いぶき》くん。」

ふと思《おも》いついて、伊吹《いぶき》くんの顔《かお》を見上《みあ》げる。

「手術《しゅじゅつ》が終《お》わったら……。わたし、伊吹《いぶき》くんといきたいところがあるの。」

「ああ。」

うなずいた伊吹《いぶき》くんが、ガラス窓《まど》のむこうに目《め》をむけた。

「あそこだろ？」

当然《とうぜん》のように、指《ゆび》さしたのは、虹色《にじいろ》にライティングされた、あの大観覧車《だいかんらんしゃ》だ。

「え？」

「言《い》ったろ？」

キョトンとするわたしに、イタズラっぽく笑《わら》う伊吹《いぶき》くん。

「顔《かお》を見《み》れば、天音《あまね》の考《かんが》えてることぐらいわかる……って。」

「あ……！」

ホントだ。

伊吹《いぶき》くんには、なんでもわかっちゃうんだなあ。

わたしが今《いま》、いちばんいきたいところ。

はじめてのデートで、伊吹《いぶき》くんと一緒《いっしょ》に乗《の》った大観覧車《だいかんらんしゃ》！

「約束《やくそく》な。」

「うん、約束《やくそく》！」
刻一刻《こくいっこく》と、色《いろ》を変《か》えていく夕焼《ゆうや》け雲《ぐも》。
昼《ひる》と夜《よる》のあいだのマジックアワー。
その中《なか》で、
わたしたちは、ふたりの「未来《みらい》の約束《やくそく》」をした。
小指《こゆび》と小指《こゆび》を、しっかりとつなぎあわせて。

10

しあわせな夢《ゆめ》

「がんばってね、天音《あまね》。」

「大丈夫《だいじょうぶ》よ。眠《ねむ》ってるうちに終《お》わっちゃうんだから。」

「安心《あんしん》していっておいで。」

翌日《よくじつ》の、朝《あさ》十時《じ》。

わたしは、家族《かぞく》につきそわれて手術室《しゅじゅつしつ》へとむかった。

パパとママ。

それに、長野《ながの》の大学《だいがく》に通《かよ》っている姉《あね》の花音《かのん》ちゃんも、わざわざ横浜《よこはま》にきてくれたんだ。

そして、

今日《きょう》の「応援《おうえん》」は、もうひとり。

伊吹《いぶき》くんが、学校《がっこう》を休《やす》んで病院《びょういん》にいてくれることになったの。

「佐川《さがわ》と柚月《ゆづき》もきたがってたけど、オレが代表《だいひょう》。」
って。
栞《しおり》と柚月《ゆづき》くんからは、LINE《ライン》で熱《あつ》い応援《おうえん》メッセージ。
御園《みその》くんや、莉子《りこ》ちゃんたち弓道部《きゅうどうぶ》の仲間《なかま》、
それに、杏奈《あんな》からも！
みんなが、わたしにパワーを送《おく》ってくれている。
だから、きっと大丈夫《だいじょうぶ》！

「じゃあ、いきましょうか。」

つきそいの看護師《かんごし》さんが、わたしをうながす。

「中央手術部《ちゅうおうしゅじゅつぶ》」と書《か》かれた銀色《ぎんいろ》のドアの前《まえ》。

この先《さき》は、わたししか入《はい》れない。

「天音《あまね》。」

両手《りょうて》を握《にぎ》りしめて、顔《かお》をこわばらせているママ。

そのママを、両側《りょうがわ》から支《ささ》えるように立《た》っているパパと花音《かのん》ちゃん。

伊吹《いぶき》くんは、家族《かぞく》から一歩《ぽ》下《さ》がってわたしを見《み》ている。

視線《しせん》があうと、たのもしい笑《え》みを浮《う》かべて、こう言《い》ってくれた。

「待《ま》ってる。」

「うん！」

元気《げんき》よく返事《へんじ》して、
わたしはしっかりと、大切《たいせつ》な人《ひと》たちの顔《かお》を目《め》に焼《や》きつけた。

「じゃあ、いってきます！」

大《おお》きな銀色《ぎんいろ》の自動《じどう》ドアから中《なか》に入《はい》ると、またさらに、ズラリと手術室《しゅじゅつしつ》のドアが並《なら》んでいる。

そのドアのひとつの前《まえ》で、ブルーの手術着姿《しゅじゅつぎすがた》の先生《せんせい》と、手術室《しゅじゅつしつ》の看護師《かんごし》さんが待《ま》っていてくれた。

担当医《たんとうい》の沢木先生《さわきせんせい》だ。

マスクでほとんど顔《かお》はかくれているけれど、黒縁《くろぶち》メガネでわかる。

「緊張《きんちょう》してますか？」

「はい、ちょっと。」

先生《せんせい》の問《と》いかけに、素直《すなお》に答《こた》える。

「でも、手術《しゅじゅつ》は二度目《どめ》なので、大丈夫《だいじょうぶ》です。」

「ああ、そうでしたね。」

マスクの下《した》で、先生《せんせい》が微笑《ほほえ》んだのがわかる。

「でも、手術《しゅじゅつ》はこれで最後《さいご》になるように、がんばりましょう！」

「はい……！」


手術室《しゅじゅつしつ》のドアが開《ひら》く。

手術台《しゅじゅつだい》に横《よこ》たわって麻酔《ますい》をかけられたら、もう何《なに》もわからない。

あとは、先生《せんせい》たちにすべてを託《たく》すだけ。

目《め》が覚《さ》めた時《とき》には、わたしの世界《せかい》はどうなっているんだろう？
でも、
何《なに》があっても、ひとつだけたしかなことがある。
そこには必《かなら》ず、わたしを待《ま》っていてくれる人《ひと》たちがいるということ。
昨日《きのう》かわした、あの〝約束《やくそく》〟。
伊吹《いぶき》くんの指《ゆび》の感触《かんしょく》が、わたしを守《まも》ってくれている。
だから、安心《あんしん》して眠《ねむ》りにつこう。
しあわせな、未来《みらい》の夢《ゆめ》を見《み》ながら……。

11 新《あたら》しい時間《じかん》

「天音《あまね》、今日《きょう》は寒《さむ》いわよ。ちゃんとマフラーしていきなさい。」

「は――い。」

「カイロも持《も》っていったほうがいいんじゃないか？」

「え～～、いらないよ。」

「久《ひさ》しぶりの学校《がっこう》だからって、はしゃがないのよ。転《ころ》ばないように気《き》をつけて。」

「わかってる！」

十二月《がつ》の朝《あさ》、
我《わ》が家《や》は、バタバタとさわがしい。

「やっぱり、パパが車《くるま》で送《おく》っていこうか？」

「大丈夫《だいじょうぶ》だってば――っ。」

ピンポーーーン
玄関《げんかん》のチャイムが鳴《な》る。

あ！

もう、むかえにきてくれたんだ！

「わたしがでる！」

走《はし》りだしたいのをガマンして、慎重《しんちょう》な足《あし》どりで玄関《げんかん》へむかう。

ガチャン！

勢《いきお》いよくドアを開《あ》けると、銀色《ぎんいろ》の朝日《あさひ》がさしこんできた。

キリッとひきしまった、冬《ふゆ》の朝《あさ》の空気《くうき》。

その中《なか》に立《た》つ男《おとこ》の子《こ》が、わたしにまぶしい微笑《えみ》をむける。

「おはよう。」

グレーのブレザー、紺《こん》とベージュのストライプのネクタイ。

制服姿《せいふくすがた》の「彼《かれ》」を見上《みあ》げて、わたしも、元気《げんき》いっぱい笑《わら》いかけた。

「おはよう、伊吹《いぶき》くん！」

手術《しゅじゅつ》から、二か月後《げつご》。

今日《きょう》は、退院《たいいん》してはじめて登校《とうこう》する、待《ま》ちに待《ま》った日《ひ》。

やっと、この日《ひ》をむかえることができたんだよ！

二か月前《げつまえ》の手術《しゅじゅつ》は、七時間《じかん》を超《こ》える大手術《だいしゅじゅつ》だったの。

わたしは、ずっと麻酔《ますい》で眠《ねむ》ってたから、何《なに》もわからなかったけど、
執刀《しっとう》した沢木先生《さわきせんせい》が、ものすごくがんばってくれて、頭《あたま》の中《なか》の〝腫瘍《しゅよう》〟を、すっかりキレイに切除《せつじょ》することができたんだって！

おかげで、術後《じゅつご》の化学療法《かがくりょうほう》や、放射線治療《ほうしゃせんちりょう》の必要《ひつよう》がなかったことが、何《なに》よりもうれしかったな。

でも、いいことばかりではなかった。

心配《しんぱい》していた〝後遺症《こういしょう》〟のこと。

脳《のう》の深《ふか》いところにあった腫瘍《しゅよう》を切除《せつじょ》する過程《かてい》で、どうしても、周囲《しゅうい》の組織《そしき》に多少《たしょう》の影響《えいきょう》がでてしまって……。

わたしの左《ひだり》の手足《てあし》には、軽《かる》い〝麻痺《まひ》〟がでたの。

〝麻痺《まひ》〟といっても、まったく感覚《かんかく》がないというわけじゃなくて、しびれはあるけど、ある程度《ていど》は動《うご》かすことができるレベル。

リハビリ次第《しだい》で回復《かいふく》するって言《い》われて、ホッとしたよ。

もしかしたら、視力《しりょく》や記憶《きおく》を失《うしな》う可能性《かのうせい》だってあったんだもの。

それを考《かんが》えたら、ラッキーだって思《おも》える。

だって、自分《じぶん》の努力《どりょく》で、ちゃんと元《もと》に戻《もど》れるってことだもんね！

それに、傷《きず》ついた脳《のう》の組織《そしき》も、少《すこ》しずつ再生《さいせい》することがあるんだって。

手術《しゅじゅつ》のあと、入院《にゅういん》は一か月半《げつはん》。

そのあいだ、毎日《まいにち》リハビリに励《はげ》んだおかげで、杖《つえ》を使《つか》って歩《ある》けるまでになったんだよ！

先生《せんせい》も、「回復《かいふく》が早《はや》い！」って、びっくりしてるくらい。

そして、退院《たいいん》して半月《はんつき》。

いよいよ、今日《きょう》から学校《がっこう》に通《かよ》えることになったの！

「天音《あまね》、久《ひさ》しぶりの学校《がっこう》だからって、急《きゅう》にムリしちゃだめだからね！　教室《きょうしつ》ではわたしがサポートするから、何《なん》でも言《い》ってよ！」

久《ひさ》しぶりの江《え》ノ電《でん》。

目《め》の前《まえ》に立《た》っている栞《しおり》が、わたしを見下《みお》ろして、はりきった口調《くちょう》で言《い》う。

まるでママみたいなセリフに、吹《ふ》きだしそう。

わたしのまわりは、「心配性《しんぱいしょう》」だらけだ。

今日《きょう》だって、「学校《がっこう》まで車《くるま》で送《おく》っていく！」って言《い》いはるパパを、やっと説《と》きふせたんだよ。

伊吹《いぶき》くんと、栞《しおり》と、柚月《ゆづき》くんと、

一緒《いっしょ》に江《え》ノ電《でん》に乗《の》る日《ひ》を、ずっと楽《たの》しみにしてたんだから！

入院前《にゅういんまえ》はまだ夏服《なつふく》だったのに、車内《しゃない》にいっぱいの高校生《こうこうせい》たちが、冬服《ふゆふく》になってるのが不《ふ》思議《しぎ》なカンジだ。

すっかり季節《きせつ》が移《うつ》ってるんだなあ。

なんだか、タイムスリップしたみたいな気分《きぶん》。

歩《ある》くのにまだ杖《つえ》が必要《ひつよう》なわたしは、ひとりだけ席《せき》にすわってる。

早《はや》く、みんなと一緒《いっしょ》に立《た》っていられるようになりたいな。

次《つぎ》の目標《もくひょう》は、杖《つえ》なしで歩《ある》くこと。

その次《つぎ》の目標《もくひょう》は、弓《ゆみ》を引《ひ》けるようになることなの。

今《いま》はまだ、足《あし》のふんばりがきかないし、左手《ひだりて》に力《ちから》が入《はい》らないから、しばらく弓《ゆみ》は引《ひ》けそうにない。

でも、もちろん部活《ぶかつ》はつづけるよ！

的前《まとまえ》には立《た》てなくても、素引《すび》き稽古《げいこ》やゴム弓稽古《ゆみげいこ》はできるものね。

ゴム弓《ゆみ》を引《ひ》くのは、手《て》のリハビリにもちょうどいいみたい。

入院前《にゅういんまえ》に、的中《てきちゅう》した時《とき》の快感《かいかん》が忘《わす》れられない。

また的前《まとまえ》に立《た》って、弓《ゆみ》を引《ひ》く日《ひ》が待《ま》ちどおしいな！


ゴトン、ゴトン……

住宅地《じゅうたくち》のあいだをすりぬけるように走《はし》っていた電車《でんしゃ》は、稲村ヶ崎駅《いなむらがさきえき》を通《とお》りすぎた。

そろそろだ。

首《くび》を巡《めぐ》らせて、窓《まど》のほうに顔《かお》をむける。

……と、
進行方向《しんこうほうこう》の左側《ひだりがわ》に、急《きゅう》に目《め》が覚《さ》めるような景色《けしき》が広《ひろ》がった。

青《あお》い海原《うなばら》に、無数《むすう》のガラスのかけらをちりばめたような朝《あさ》の光《ひかり》。

「海《うみ》だ……！」

思《おも》わず声《こえ》をあげたわたしに、他《ほか》の三人《にん》が笑《わら》って顔《かお》を見《み》あわせる。

「天音《あまね》、言《い》うと思《おも》った。」

「だよね。」

「天音《あまね》ちゃん、あいかわらずだな。」

「え〜〜っ、だって……。」

入院《にゅういん》しているあいだ、この景色《けしき》がずっと恋《こい》しかったんだもの。

病院《びょういん》からも、横浜《よこはま》の海《うみ》は見《み》えたけど、

湘南《しょうなん》の海《うみ》は、やっぱりちがう。
開放的《かいほうてき》で、あったかい。
のどかな海《うみ》の上《うえ》に、ぽっかり浮《う》かぶ緑《みどり》の江《え》の島《しま》。
そのむこうに見《み》える、真《ま》っ白《しろ》な雪《ゆき》をかぶった富士山《ふじさん》。
みんなの笑顔《えがお》。
制服《せいふく》のブレザーとプリーツスカート。
帰《かえ》ってきた。
やっと、この場所《ばしょ》に帰《かえ》ってきたんだ。
そんなシアワセな実感《じっかん》が、ジワジワと身体中《からだじゅう》に満《み》ちていく。
あきらめなくてよかった。
闘《たたか》ってよかった。
「三年生存率《ねんせいぞんりつ》、七〇パーセント」
もう、この言葉《ことば》におびえることはない。
〝未来《みらい》〟を夢《ゆめ》みてもいい。

わたし、生《い》きてる。

これからも、みんなと一緒《いっしょ》に生《い》きていくんだ……！

生《う》まれかわったような気持《きも》ちで、目《め》に焼《や》きつける朝《あさ》の海《うみ》。

新《あたら》しいわたしの、

新《あたら》しい時間《じかん》が、今《いま》、はじまる。

12 誕生日《バースデー》デート

今日《きょう》のコーディネートは、白《しろ》のニットワンピースに、水色《みずいろ》のケープコート。

ワンピースはママから、コートはパパからのバースデープレゼント。

十二月《がつ》十九日《にち》が誕生日《たんじょうび》のわたしは、数日前《すうじつまえ》に十六歳《さい》になったの。

そしてね、
日曜日《にちようび》の今日《きょう》は、伊吹《いぶき》くんとの誕生日《バースデー》デート♡

横浜《よこはま》のみなとみらいに、約束の大観覧車《だいかんらんしゃ》に乗《の》りにいくんだよ！

わたしね、今日《きょう》のデートのために、リハビリめっちゃがんばって、杖《つえ》なしで歩《ある》けるようになったの。

少《すこ》しバランスをくずしそうになる時《とき》もあるけど、伊吹《いぶき》くんが一緒《いっしょ》だから安心《あんしん》だ。

ピコッ！

机《つくえ》の上《うえ》のスマホが鳴《な》った。
手《て》に取《と》ると、栞《しおり》からのLINE《ライン》だった。
『天音《あまね》、伊吹《いぶき》くんと楽《たの》しい一日《いちにち》を♡　足《あし》もとに気《き》をつけてね。』
『ありがと、栞《しおり》！』
ソッコーで返信《へんしん》する。
そうそう。
今日《きょう》のコーディネートの仕上《しあ》げは、もちろんコレだ。
鏡《かがみ》をのぞきこんで、ワンピの首《くび》もとにアクセサリーをつける。
小《ちい》さなハート形《がた》のストーンのついた、かわいいペンダント。
これは、十四歳《さい》の誕生日《たんじょうび》に、栞《しおり》からもらったプレゼントなの。
伊吹《いぶき》くんとの初《はつ》デートの時《とき》にもつけていった、「お守《まも》り」みたいなものなんだ。
それからね、最後《さいご》にもうひとつ！
二年前《ねんまえ》の、伊吹《いぶき》くんからのバースデープレゼント。
薄《うす》いピンクのビーズがついた、キラキラのバレッタを髪《かみ》につける。

カンペキ！

今日《きょう》は、最高《さいこう》の一日《いちにち》になりそうな予感《よかん》！


「なつかしいね〜〜っ！　ここにくるの、二年《ねん》ぶりだもんね。」

海風《うみかぜ》に顔《かお》をむけて、思《おも》いっきり深呼吸《しんこきゅう》。

ああ……、湘南《しょうなん》の海《うみ》とはちがう、「港《みなと》ヨコハマ」の香《かお》りだ。

ここは、横浜《よこはま》の人気観光《にんきかんこう》スポット、山下公園《やましたこうえん》。

横浜港《よこはまこう》に面《めん》した広々《ひろびろ》とした公園《こうえん》で、芝生《しばふ》の広場《ひろば》や、噴水《ふんすい》やバラの花壇《かだん》なんかもあるステキな場所《ばしょ》なんだよ。

横浜《よこはま》デートといえば、まずはここから！

二年前《ねんまえ》の初《はつ》デートの時《とき》も、ここがスタートだったよね。

海《うみ》に突《つ》きだした半円形《はんえんけい》のバルコニー。

白《しろ》い柵《さく》にもたれて、景色《けしき》をながめる。

右手《みぎて》に見《み》える大《おお》きな船《ふね》は、引退《いんたい》した客船《きゃくせん》、氷川丸《ひかわまる》。

左手《ひだりて》には、大《おお》さん橋《ばし》ふ頭《とう》や赤《あか》レンガ倉庫《そうこ》。

冬晴《ふゆば》れのまっ青《さお》な空《そら》と海《うみ》の中《なか》に、白《しろ》い羽《はね》を広《ひろ》げたような横浜《よこはま》ベイブリッジ。

「天音《あまね》、あんまり乗《の》りだすと危《あぶ》ないぞ。」

「はーーい。」

ふりむくと、やさしい瞳《め》をした「彼《かれ》」が立《た》っている。

今日《きょう》の伊吹《いぶき》くんは、ダークカラーのチェックのジャケットに白《しろ》のパーカー、細身《ほそみ》の黒《くろ》のパンツにレザースニーカー。

いつもながら、さりげなくおしゃれでカッコいい。

長身美形《ちょうしんびけい》の伊吹《いぶき》くんは、山下公園《やましたこうえん》を歩《ある》いていても、通《とお》りすがりの観光客《かんこうきゃく》にチラチラ見《み》られてしまうくらい。

あっ！　そういえば。

「覚《おぼ》えてる？　二年前《ねんまえ》、ここで『ドキパラ』のスタッフの人《ひと》に声《こえ》かけられたの！」

「ああ……、そうだったな。」

伊吹《いぶき》くんが、笑《わら》ってうなずく。

『ドキパラ』っていうのは、中《ちゅう》・高生《こうせい》に人気《にんき》の情報番組《じょうほうばんぐみ》、『ドキドキ天国《パラダイス》』のこと。

その中《なか》に、「街《まち》でみつけたオシャレなカップル」ってコーナーがあってね、初《はつ》デートの時《とき》に、たまたまそのロケにでくわしたの。

番組《ばんぐみ》のスタッフの人《ひと》に声《こえ》をかけられて、なんとわたしたち、テレビで紹介《しょうかい》されちゃったんだよ！

おかげで、伊吹《いぶき》くんとわたしがつきあってることがバレちゃって、学校中《がっこうじゅう》が大《おお》さわぎ！

今《いま》となっては、なつかしい思《おも》い出《で》だ。


二年前《ねんまえ》は、山下公園《やましたこうえん》から港《みなと》の見《み》える丘公園《おかこうえん》に歩《ある》いて登《のぼ》ったけど、わたしはまだ、長《なが》い階段《かいだん》を上《のぼ》るのはキツいから、今日《きょう》はバスで移動《いどう》。

港《みなと》の見《み》える丘公園《おかこうえん》のステキなイングリッシュガーデンをゆっくり散策《さんさく》した。

「山手《やまて》」と呼《よ》ばれるこの丘《おか》の上《うえ》のエリアは、昔《むかし》は、外国人居留地《がいこくじんきょりゅうち》だった場所《ばしょ》。

横浜《よこはま》で、もっとも「横浜《よこはま》」らしい、歴史《れきし》の香《かお》りと異国情緒《いこくじょうちょ》が残《のこ》っているエリアなの。

今《いま》も、歴史《れきし》のある洋館《ようかん》がいくつも残《のこ》っていて、一般公開《いっぱんこうかい》されていたり、レストランやカフェとして利用《りよう》されていたりするんだよ。

ランチは、港《みなと》の見《み》える丘公園《おかこうえん》のすぐ側《そば》のカフェで。

この公園《こうえん》にも、忘《わす》れられない思《おも》い出《で》がある。

公園内《こうえんない》の庭園《ていえん》を散策《さんさく》してた時《とき》に、わたし、伊吹《いぶき》くんとはぐれちゃったの。

その時《とき》、スカウトをよそおったヘンなおじさんに声《こえ》をかけられてね、危《あや》ういところで、伊吹《いぶき》くんが助《たす》けにきてくれたんだよね。

「あ──、あったあった！　そんなこと。」

サンドイッチをほおばりながら、伊吹《いぶき》くんが大《おお》きくうなずく。

「なんか……、初《はつ》デートはハプニングだらけだったよね。」

「考《かんが》えてみりゃ、そうだったよな。」

「しかも、いちばんのハプニングは……。」

「あれか！」

伊吹《いぶき》くんとわたしは、顔《かお》を見《み》あわせて声《こえ》をそろえる。

「みなとみらいの大観覧車《だいかんらんしゃ》！」


そうそう、そうなの！

初《はつ》デートで、あの大観覧車《だいかんらんしゃ》に乗《の》った時《とき》にね、とんでもないことがおこったの。

なんと、機械《きかい》のトラブルで、観覧車《かんらんしゃ》がいきなり緊急停止《きんきゅうていし》しちゃったんだよ！

ちょうど、観覧車《かんらんしゃ》のてっぺんあたりで、わたしたちは一時間以上《じかんいじょう》もゴンドラの中《なか》に閉《と》じこめられることに。

それでも、不思議《ふしぎ》と怖《こわ》くはなかったんだよ。

伊吹《いぶき》くんと一緒《いっしょ》だから。

地上《ちじょう》から百メートル以上《いじょう》もの高《たか》さの、観覧車《かんらんしゃ》のてっぺんで、
わたしたちは肩《かた》をよせあって、暮《く》れていく空《そら》をながめてた。

それは、まるで魔法《まほう》にでもかかったように、シアワセな時間《じかん》だったんだ。

十四歳《さい》の誕生日《たんじょうび》。

一生忘《いっしょうわす》れられない、大事《だいじ》な思《おも》い出《で》。

でも、
でも……ね。

今日《きょう》、
この、十六歳《さい》の誕生日《バースデー》デートで、
それ以上の出来事が待《ま》っているなんて……。
わたしは、想像《そうぞう》もしていなかったのだけど。

13

観《かん》覧《らん》車《しゃ》の中《なか》で

ランチのあとは、バスでみなとみらいエリアに移動《いどう》。

観覧車《かんらんしゃ》から夕焼《ゆうや》けを見《み》るために、夕方《ゆうがた》までは映画《えいが》をみることにした。

まだあまり長時間歩《ちょうじかんある》きまわれないわたしのことを考《かんが》えて、伊吹《いぶき》くんが考《かんが》えてくれたデートコースだよ。

映画《えいが》をみ終《お》えて、遊園地《ゆうえんち》にむかったのは、四時《じ》すぎ。

今日《きょう》の日没時間《にちぼつじかん》は四時《じ》三十三分《ぷん》だから、ちょうどタイミングバッチリだ。

チケット売《う》り場《ば》でチケットを買《か》って、足《あし》もとに気《き》をつけながら、ゴンドラ乗《の》り場《ば》への階《かい》段《だん》をのぼっていく。

「いってらっしゃい！」

係《かかり》のお姉《ねえ》さんの笑顔《えがお》に送《おく》られて、わたしたちの乗《の》ったゴンドラは、ゆっくりと動《うご》きだした。

さあ、伊吹《いぶき》くんとふたりきり、約《やく》十五分《ふん》の空中散歩《くうちゅうさんぽ》に出発《しゅっぱつ》だ！

シートに並《なら》んですわったわたしたち。

ゴンドラの高度《こうど》が上《あ》がるにつれて、窓《まど》から見《み》える景色《けしき》が変《か》わっていく。

遊園地《ゆうえんち》のアトラクションが視界《しかい》の下《した》になって、みなとみらいのビル群《ぐん》と、海《うみ》が見《み》えてきた。

「うわあ……、すごい！」

二度目《どめ》だけど、やっぱり歓声《かんせい》をあげてしまう。

ビルの建《た》ち並《なら》ぶ横浜《よこはま》の街《まち》、そのむこうにつづく住宅街《じゅうたくがい》や緑《みどり》の森《もり》。

遠《とお》くの山並《やまな》みに、今《いま》まさに沈《しず》もうとしているルビーのような夕陽《ゆうひ》。

この景色《けしき》を、また伊吹《いぶき》くんと一緒《いっしょ》に見《み》られるなんて……。

鼻《はな》の奥《おく》がツンとした。

眼下《がんか》に見《み》えるみなとみらい地区《ちく》の一角《いっかく》には、大《おお》きな白《しろ》い建物《たてもの》がある。

わたしが、入院《にゅういん》していた病院《びょういん》だ。

最上階《さいじょうかい》の展望《てんぼう》ルームのガラス窓《まど》が、夕陽《ゆうひ》をうけて光《ひか》ってる。

「あそこに……いたんだな。」

となりで、伊吹《いぶき》くんがポツリとつぶやいた。

伊吹《いぶき》くんの視線《しせん》も、わたしとおなじところにむけられている。

きっと、今《いま》、おなじことを思《おも》いだしてたんだ。

手術《しゅじゅつ》の前日《ぜんじつ》、あのガラス窓《まど》の中《なか》で、「約束《やくそく》」したこと。

退院《たいいん》したら、一緒《いっしょ》にこの大観覧車《だいかんらんしゃ》に乗《の》りにいこう……って。

手術《しゅじゅつ》の直後《ちょくご》の、ちょっとつらかった時《とき》も、
リハビリがしんどかった時《とき》も、
あの「約束《やくそく》」が、心《こころ》の支《ささ》えだったんだよ。

「約束《やくそく》、果《は》たせたな。」

「うん。」

「がんばったな、天音《あまね》。」

「……。」

そんなこと言《い》われたら、涙《なみだ》がでそうになっちゃうよ。

「あ、見《み》て！　伊吹《いぶき》くん、夕焼《ゆうや》けキレイ！」

泣《な》きそうなのをごまかすために、わざと明《あか》るい声《こえ》をだす。

夕陽《ゆうひ》は、遠《とお》い山《やま》のむこうに姿《すがた》を消《け》して、山際《やまぎわ》が金色《きんいろ》に縁《ふち》どられていた。

その上《うえ》に浮《う》かんだ雲《くも》も朱《あか》く染《そ》まって、美《うつく》しいサンセットショーのはじまりを告《つ》げている。

夕焼《ゆうや》けは、夕陽《ゆうひ》が沈《しず》んでからが本番《ほんばん》なんだ。

透《す》きとおったオレンジジュースのような空《そら》の中《なか》を、ゴンドラはゆっくりと上《あ》がっていく。

「天音《あまね》。」

その時《とき》、
あらたまった声《こえ》で、伊吹《いぶき》くんがわたしを呼《よ》んだ。

「ん？」

「これ……。」

少《すこ》し照《て》れくさそうな顔《かお》をして、ジャケットから何かを取《と》りだす。

わたしの前《まえ》にさしだされたのは、銀色《ぎんいろ》のリボンのついた、ブルーの小《ちい》さな箱《はこ》だ。

「誕生日《たんじょうび》のプレゼント。」

「あ……！」

うれしい！

「彼《かれ》」からの、十六歳《さい》のバースデープレゼント。

しかも、こんなステキな場所《ばしょ》で。

「十六歳《さい》」って、急《きゅう》に大人《おとな》になったような、特別《とくべつ》なカンジがする年齢《とし》だものね。

「ありがとう……！　開《あ》けてもいい？」

「うん。」

夕焼《ゆうや》けを映《うつ》してか、伊吹《いぶき》くんの顔《かお》がちょっぴり赤《あか》い。

プレゼントを開《あ》ける瞬間《しゅんかん》て、大好《だいす》き！

ワクワクしながら、ラッピングを解《ほど》く。

〝宝箱《たからばこ》〟のフタを開《あ》けると、水色《みずいろ》の石《いし》のついた指輪《ゆびわ》が入《はい》っていた。

「わあ……！　かわいい!!」

思《おも》わず声《こえ》をあげてしまう。

箱《はこ》の中《なか》で、薄《うす》いブルーの宝石《ほうせき》が光《ひか》ってる。

まるで、キラキラした朝《あさ》の海《うみ》みたいな色《いろ》だ。

「キレイ……。この石《いし》、アクアマリンかな？」

「よくわかんないけど……。天音《あまね》は、水色《みずいろ》ってイメージだから。」

「え？　そうかな。」

わたしも水色好《みずいろす》きだから、伊吹《いぶき》くんにそう言《い》ってもらえるとうれしいな。

十六歳《さい》のバースデープレゼントが、まさか「指輪《ゆびわ》」だなんて。

それにね、この観覧車《かんらんしゃ》の中《なか》だから、なおさらドキドキしちゃうよ。

だって……。

「あのね、伊吹《いぶき》くん。」

ちょっと遠慮《えんりょ》がちに言《い》ってみる。

「ネットで見《み》たんだけどね。この大観覧車《だいかんらんしゃ》は、プ、プロポ、ー、ズの場所《ばしょ》としても人気《にんき》なんだって。」

「プロポーズ？」

わたしの言葉《ことば》に、伊吹《いぶき》くんの目《め》が丸《まる》くなった。

「うん、ゴンドラがてっぺんまで上《のぼ》った時《とき》に、彼《かれ》が、彼女《かのじょ》に指輪《ゆびわ》をわたしてプロポーズするんだって。ロマンチックだよね。」

「……。」

「あっ、ごめん！　ヘンなこと言《い》って。」

一瞬《いっしゅん》、息《いき》をのんだ伊吹《いぶき》くんに、あわてて弁解《べんかい》する。

やだやだ！

プロポーズ……なんて言《い》ったら、引《ひ》いちゃうよね。

「べつに、深《ふか》い意味《いみ》はなくてね……！　この指輪《ゆびわ》は、誕《たん》プレなんだし。」

かたい表情《ひょうじょう》でだまりこんでいる伊吹《いぶき》くんに、だんだん不安《ふあん》になってくる。

「伊吹《いぶき》くん……？」

ゴンドラは高度《こうど》を上《あ》げて、そろそろ、てっぺんに近《ちか》づこうとしていた。

窓《まど》からは、オレンジや赤《あか》や、ピンク色《いろ》に染《そ》めわけられた夕焼《ゆうや》け空《ぞら》が見《み》える。

「天音《あまね》。」

伊吹《いぶき》くんが、ようやく口《くち》を開《ひら》いた。

いつもと、少《すこ》しちがう声《こえ》のトーン。

まっすぐにむけられた真剣《しんけん》なまなざしに、胸《むね》がざわつく。

「ここが、そんな場所《ばしょ》だなんて知《し》らなかったけど。天音《あまね》に、いつか言《い》おうと思《おも》ってたことがあるんだ。」

言おうと思ってたこと？

わたしに？　なんだろう……？

問《と》いかけたいけど、どうしてか声《こえ》がでなかった。

吸《す》いよせられるように、大人《おとな》びたその瞳《ひとみ》を見《み》つめているうちに、
目《め》の前《まえ》の「彼《かれ》」の、思いがけない言葉が耳《みみ》にとどいた。

「結婚《けっこん》してほしい。」

「え？」

「いつか、大人《おとな》になったら。オレと、結婚してほしい。」

「結婚《けっこん》……？」

え？
え……？
えっと、あの……、
伊吹《いぶき》くん、
今《いま》、なんて……？
とっさに、その言葉《ことば》の意味《いみ》がのみこめなくて、
わたしはしばらく、ポカンと「彼《かれ》」をながめてた。

世界最大級《せかいさいだいきゅう》の大観覧車《だいかんらんしゃ》、
地上《ちじょう》から、約《やく》百メートルの空《そら》の上《うえ》。
夢《ゆめ》の中《なか》にいるような、夕焼《ゆうや》けの色《いろ》に包《つつ》まれて。

14 十六歳《さい》のプロポーズ

伊吹《いぶき》くん。
伊吹《いぶき》くん……？
どういうこと？
「結婚《けっこん》」……て、
ききまちがい？
それとも、冗談《じょうだん》かな？
ううん、そんなはずない。
伊吹《いぶき》くんが、そんな冗談《じょうだん》を言《い》うはずがない。
だとしたら……。

「本気《ほんき》だから。」

ボーゼンとしているわたしにむかって、伊吹《いぶき》くんがくり返《かえ》す。

「今日《きょう》、言《い》うつもりはなかったけど……。いつか、天音《あまね》に言《い》おうと思《おも》ってた。」

「伊吹《いぶき》くん……。」

それでもまだ、たった今伊吹《いまいぶき》くんの口《くち》から飛《と》びだした言葉《ことば》が〝現実《げんじつ》〟とは思《おも》えない。

だって……。

「わたしたち、まだ高校生《こうこうせい》だよ？」

「わかってる。」

はりつめた表情《かお》が、フッとゆるむ。

「もちろん、今《いま》すぐじゃない。もっと、大人《おとな》になったら。」

「大人《おとな》に？」

「うん。」

観覧車《かんらんしゃ》のいちばん高《たか》いところからながめる景色《けしき》の中《なか》には、わたしたちの住《す》んでいる街《まち》も見《み》える。

中二《ちゅう》の春《はる》に引《ひ》っこしてきて、伊吹《いぶき》くんと出会《であ》った「星《ほし》の森《もり》」。

ふと、その方向《ほうこう》に目《め》をむけて、伊吹《いぶき》くんが言《い》った。

「そういや、ウチの両親《りょうしん》、高校《こうこう》の同級生《どうきゅうせい》だったんだ。」

「え……？　恵子先生《けいこせんせい》と院長先生《いんちょうせんせい》が？」

伊吹《いぶき》くんのご両親《りょうしん》は、そろって「森《もり》の風《かぜ》クリニック」という病院《びょういん》の医師《いし》なの。

お父《とう》さんは内科《ないか》で、お母《かあ》さんの恵子先生《けいこせんせい》は、脳神経科《のうしんけいか》。

恵子先生《けいこせんせい》はわたしの主治医《しゅじい》で、ずっとお世話《せわ》になってるんだよ。

「もしかして……、高校生《こうこうせい》の時《とき》からおつきあいしてたの？」

「そう。高一《こう》ん時《とき》に、親父《おやじ》から告《こく》ったんだって。」

と、微笑《えみ》を浮《う》かべる伊吹《いぶき》くん。

「それからずっとつきあってて、大学《だいがく》も同《おな》じ医大《いだい》で。研修医時代《けんしゅういじだい》は別々《べつべつ》の病院《びょういん》だった時《とき》も
あるけど。二十六歳《さい》だったかな……結婚《けっこん》したの。」

二十六歳《さい》……。

「出会《であ》って十年後《ねんご》に、結婚《けっこん》したんだね。」

「うん。だからオレも、年齢《ねんれい》は関係《かんけい》ないと思《おも》ってる。」

出会《であ》った時《とき》より、大人《おとな》びた男《おとこ》の子《こ》の声《こえ》が胸《むね》にひびく。

「中学生《ちゅうがくせい》でも、高校生《こうこうせい》でも……。真剣《しんけん》に人《ひと》を好《す》きになることはあるし、その気持《きも》ちが、ずっと変《か》わらないこともある。」

「伊吹《いぶき》くん……。」

「オレにとって、天音《あまね》は、そういう相手《あいて》だと思《おも》ってるから。」

「……。」

「もし、天音《あまね》も同《おな》じ気持《きも》ちでいてくれるなら。」

伊吹《いぶき》くん。

「いつか、オレと結婚《けっこん》してください。」

二度目《どめ》の言葉《ことば》は、なぜか敬語《けいご》だ。

真剣《しんけん》で、揺《ゆ》るぎないその言葉《ことば》。

そう……、

そうだね、伊吹《いぶき》くん。
年齢《ねんれい》なんて、きっと関係《かんけい》ないんだよね。
わたしたちが出会《であ》った〝奇跡《きせき》〟。
ふたりの、すごしてきた時間《じかん》。
ふたりで乗《の》りこえてきたもの。
お互《たが》いが、どれだけお互《たが》いを必要《ひつよう》としているのか……。
それを、嚙《か》みしめた時《とき》、
わたしの〝答《こた》え〟は、ひとつ、しかなかった。

「はい……。」

「天音《あまね》?」

伊吹《いぶき》くんが、わたしをのぞきこむ。

その瞳《ひとみ》を見返《みかえ》して、
もう一度《いちど》、はっきりと。

「はい！」

「……。」

どうしよう。

涙《なみだ》で視界《しかい》が霞《かす》んじゃう、

一生《いっしょう》に一度《いちど》の、この瞬間《とき》に、

大好《だいす》きな人《ひと》の笑顔《えがお》が見《み》たいのに。

でも……。

「ありがと、天音《あまね》。」

顔《かお》は見《み》えないかわりに、声《こえ》がきこえた。

抱《だ》きしめられた、腕《うで》の中《なか》。

その声《こえ》と、ぬくもりと、少《すこ》しかたいジャケットの感触《かんしょく》を、

わたしは、一生忘《いっしょうわす》れない。

十五分《ふん》の空中散歩《くうちゅうさんぽ》。

オレンジから、ローズピンクに変《か》わる夕焼《ゆうや》け。
その中《なか》で、
左手《ひだりて》の薬指《くすりゆび》に、「彼《かれ》」が指輪《ゆびわ》をはめてくれたこと。
誠実《せいじつ》で、ひたむきな、
十六歳《さい》の「プロポーズ」……を。

15 ハッピーニューイヤー

「やったね！　いい天気《てんき》!!」

「コンディション、最高《さいこう》だな。」

「タイミングもバッチリ！」

「それにしても、寒《さむ》〜〜い！」

丘《おか》の上《うえ》の展望台《てんぼうだい》で、順番《じゅんばん》に声《こえ》をあげるわたしたち。

おなじみ、「チームメロス」の四人組《にんぐみ》だ。

今日《きょう》は、新年《しんねん》、一月一日《がついたち》。

元日《がんじつ》の早朝《そうちょう》、

「初日《はつひ》の出《で》」を見《み》るために、わたしたちは、星《ほし》の森《もり》の西《にし》の端《はし》にある、「夕陽《ゆうひ》が丘《おか》」という小高《こだか》い丘《おか》に上《のぼ》ってきたの。

てっぺんにある小《ちい》さな公園《こうえん》は、その名《な》のとおり、夕陽《ゆうひ》のビュースポット。

だけど、ここの展望台《てんぼうだい》からは、東京湾側《とうきょうわんがわ》から昇《のぼ》る朝日《あさひ》も見《み》えるんだよ。

今日《きょう》の日《ひ》の出時刻《でじこく》は、六時《じ》五十分《ぷん》。

あと十分《ぷん》ほどだ。

東《ひがし》の空《そら》は薄《うす》いラベンダー色《いろ》になっているけれど、頭《あたま》の上《うえ》には、まだ星《ほし》が輝《かがや》いている。

大晦日《おおみそか》から、日本列島《にほんれっとう》には寒波《かんぱ》が襲来中《しゅうらいちゅう》。

今朝《けさ》も冷《ひ》えるから、四人《にん》とも厚手《あつで》のコートにマフラーの完全防備《かんぜんぼうび》。

それでも、顔《かお》や耳《みみ》は冷《つめ》たくて、みんなの吐《は》く息《いき》が白《しろ》い。

寒《さむ》いけど、こんな澄《す》みきった冬《ふゆ》の朝《あさ》の空気《くうき》、好《す》きだなあ。


「天音《あまね》、足《あし》は大丈夫《だいじょうぶ》か？」

「うん！　ぜんぜん平気《へいき》！」

心配《しんぱい》そうに問《と》いかける伊吹《いぶき》くんに、元気《げんき》よく答《こた》える。

家《いえ》からは歩《ある》いて十五分《ふん》ほどの距離《きょり》とはいえ、この夕陽《ゆうひ》が丘《おか》に上《のぼ》る道《みち》は、林《はやし》の中《なか》の細《ほそ》い遊《ゆう》歩道《ほどう》なの。

けっこう急《きゅう》な坂道《さかみち》を歩《ある》かなきゃならないから、まだ万全《ばんぜん》じゃないわたしの足《あし》で大丈夫《だいじょうぶ》かな……って、ちょっと不安《ふあん》もあった。

初日《はつひ》の出《で》を見《み》るためには、暗《くら》いうちに丘《おか》に上《のぼ》らなきゃならないしね。

外灯《がいとう》のない道《みち》を、ヘッドライトをつけて歩《ある》くのは、ちょっと冒険気分《ぼうけんきぶん》でドキドキだったよ。

この思《おも》いきった初詣計画《はつもうでけいかく》、

「ムリしないほうがいい。」って、伊吹《いぶき》くんは最初反対《さいしょはんたい》していたけど、どうしても、みんなと一緒《いっしょ》に初日《はつひ》の出《で》を見《み》たかったの。

少々《しょうしょう》ハードルが高《たか》いことでも、目標《もくひょう》があると、がんばれちゃうんだよね！

それに、伊吹《いぶき》くんと柚月《ゆづき》くんが、バッチリサポートしてくれたから。

「それにしても、天音《あまね》のパパとママ、よく許可《きょか》してくれたよね。」

まだほの暗《ぐら》い展望台《てんぼうだい》の上《うえ》で、
少《すこ》しずつ明《あか》るくなっていく空《そら》を見上《みあ》げながら、栞《しおり》がまるいほっぺたに笑《え》みを浮《う》かべる。

「二年前《ねんまえ》の元旦《がんたん》は、天音《あまね》がだまって家《いえ》を抜《ぬ》けだして、めっちゃ怒《おこ》られたじゃん。」

「あぁっ！　それを言《い》わないで。」

中二《ちゅう》のお正月《しょうがつ》の出来事《できごと》は、わたしの「黒歴史《くろれきし》」だ。

二年前《ねんまえ》もね、四人《にん》でここに初日《はつひ》の出《で》を見《み》にきたの。

でも、ウチの両親《りょうしん》の許可《きょか》がもらえなくて、こっそり家《いえ》を抜《ぬ》けだしてきちゃったんだよね。

あの時《とき》は、罪悪感《ざいあくかん》でちっとも楽《たの》しめなかったし、パパにバレて大目玉《おおめだま》。

その上《うえ》、そのことが原因《げんいん》で、伊吹《いぶき》くんとの仲《なか》も危《あや》うくなっちゃって……。

ホントに、最悪《さいあく》のお正月《しょうがつ》。

ぜんぶ、自業自得《じごうじとく》だったんだけどネ。

「今日《きょう》は、ちゃんと許可《きょか》もらってるから大丈夫《だいじょうぶ》！　パパも、伊吹《いぶき》くんが一緒《いっしょ》なら安心《あんしん》だって。」

「え？　どーゆー風《かぜ》の吹《ふ》きまわし？」

栞《しおり》が、意外《いがい》そうな顔《かお》をするのもムリはない。

うちのパパ、以前《いぜん》は、わたしと伊吹《いぶき》くんのおつきあいに、ちょっとシブい顔《かお》してたんだよね。

伊吹《いぶき》くんがダメ……っていうわけじゃないんだけど。

娘《むすめ》をとられるのがおもしろくない、「父親《ちちおや》の心理《しんり》」ってヤツ？

でもね、
このあいだの入院《にゅういん》と手術《しゅじゅつ》がキッカケで、パパの心境《しんきょう》にも変化《へんか》があったみたい。

あの時《とき》、だれよりもわたしを支《ささ》えてくれたのは伊吹《いぶき》くんだったから。

娘《むすめ》の「彼氏《かれし》」として、今《いま》ではすっかり伊吹《いぶき》くんを信頼《しんらい》してるみたいだよ。

「へえ〜〜〜、すごいな、もう親公認《おやこうにん》じゃん。」

柚月《ゆづき》くんが、感心《かんしん》したようにタメ息《いき》をつく。

そのあとで、からかうように、軽《かる》い口調《くちょう》でこう言《い》った。

「もうさ、いっそ結婚《けっこん》しちゃえば？　ふたり。」

「えっ⁉」

「ええっ⁉」

柚月《ゆづき》くんの言葉《ことば》に、思《おも》わずうろたえるわたしたち。

その反応《はんのう》と赤《あか》くなった顔《かお》に、カンのいい栞《しおり》が首《くび》をかしげる。

「ん？　どしたの？」

「え……、あの。」

「いや……その。」

ドギマギしながら目《め》をあわせると、
伊吹《いぶき》くんは、意《い》を決《けっ》したようにうなずいた。

そうだよね。

もともと、今日《きょう》、ふたりに報告するつもりだったんだもの。

この展望台《てんぼうだい》からは、東《ひがし》に横浜《よこはま》の湾岸地域《わんがんちいき》と東京湾《とうきょうわん》。

西《にし》には、鎌倉《かまくら》の緑《みどり》の山々《やまやま》と湘南《しょうなん》の海《うみ》、
江《え》の島《しま》や富士山《ふじさん》まで見《み》わたすことができるの。

まっ白《しろ》な雪《ゆき》をかぶった富士山《ふじさん》のてっぺんが、桃色《ももいろ》に染《そ》まりはじめた。

どこよりも早《はや》く、朝日《あさひ》に照《て》らされる場所《ばしょ》が。

もうすぐ、海《うみ》のむこうから、お日《ひ》さまが顔《かお》をだそうとしている。

「あの……ね、これ。」

手《て》ぶくろを脱《ぬ》いだわたしは、栞《しおり》と柚月《ゆづき》くんの前《まえ》に、左手《ひだりて》をさしだした。

薬指《くすりゆび》には、あのバースデープレゼントの指輪《ゆびわ》がつけられている。

「誕生日《たんじょうび》に、伊吹《いぶき》くんからもらったの。」

「え……指輪《ゆびわ》？」

栞《しおり》が、ハッとしたように身《み》を乗《の》りだす。

「超《ちょう》カワイイ！ ……けど、なんで左手《ひだりて》の薬指《くすりゆび》？」

「それは……。」

「それは？」

柚月《ゆづき》くんも、興味津々《きょうみしんしん》でわたしの手元《てもと》をのぞきこむ。

と、その時《とき》、
わたしのとなりで、伊吹《いぶき》くんが、サラリとこう言《い》った。

「オレ、天音《あまね》にプロポーズしたんだ。」

「は？」

「え……？」

一瞬《いっしゅん》、〝無《む》〟になる「ゆづしお」ペア。

その顔《かお》に、ジワジワと〝感情《かんじょう》〟が広《ひろ》がっていく。

おどろきと、とまどいと、それに……。


「プ……、プロポーズ？」

「マジで？」

「マジで。」

「はあああ〜〜〜!?」

「天音《あまね》っ……！」

やっとその言葉《ことば》の意味《いみ》をのみこんだ瞬間《とき》、
栞《しおり》が、勢《いきお》いよくわたしに抱《だ》きついた。

「おめでとう！　天音《あまね》!!」

「伊吹《いぶき》〜〜〜っ、このヤロ！」

柚月《ゆづき》くんも、爆笑《ばくしょう》しながら伊吹《いぶき》くんの肩《かた》を抱《だ》きよせる。

「気《き》が早《はや》すぎだろ！　高一《こう》のくせに!!」

「るせーな。トシはカンケーない。」

照《て》れくささを隠《かく》すために、顔《かお》をしかめる伊吹《いぶき》くん。

「でも、伊吹《いぶき》くんらしいよ。」

そう言《い》って、半《はん》ベソで笑《わら》う栞《しおり》。

たしかに。

伊吹《いぶき》くんて、基本照れ屋《きほんてや》で、一見冷静《いっけんれいせい》に見《み》えるのに、じつは情熱的《じょうねつてき》で、時々《ときどき》、びっくりするくらい大胆《だいたん》なことをするんだよね。

「とにかく、新年《しんねん》からめでたいじゃん！」

「そうだね。今《いま》……っていうのはおどろいたけど。ふたりは、いつかそう、なる、って思《おも》ってた。」

目《め》にいっぱい涙《なみだ》をためて、感慨深《かんがいぶか》げに栞《しおり》がうなずいた。

「ずっと、側《そば》で見《み》てたからわかるよ。」

「栞《しおり》……。」

そんな「親友《しんゆう》」の言葉《ことば》に、わたしも泣《な》きそうだよ。

「あーあ、いいな。オレも、しおりんにプロポーズしたい。」

「ばっ……！」

涙《なみだ》も引《ひ》っこむ、柚月《ゆづき》くんの「爆弾発言《ばくだんはつげん》」。

栞《しおり》の色白《いろじろ》のほっぺたが、一瞬《いっしゅん》にして真《ま》っ赤《か》に染《そ》まる。

「バカじゃないの⁉　柚月《ゆづき》には、十年早《ねんはや》いよ！」

「え？　じゃあ、十年後《ねんご》ならいいの？」

「しっ……、知《し》らないよっ！　バカ‼」

プンプンでそっぽをむく栞《しおり》を、柚月《ゆづき》くんはうれしそうにながめてる。

あいかわらずの「ゆづしお」だ。

柚月《ゆづき》くんは冗談《じょうだん》ぽく言《い》ってるけど、あんがい本気《ほんき》なんじゃないかな……？

「あ……、見《み》て！」

その時《とき》、とうとう展望台《てんぼうだい》に日《ひ》がさした。

東京湾《とうきょうわん》のむこうから顔《かお》をだした、今年《ことし》はじめてのまっさらな太陽《たいよう》。

扇《おうぎ》のように広《ひろ》がっていく、荘厳《そうごん》な金《きん》の光《ひかり》。

初日《はつひ》の出《で》だ。


「ハッピーニューイヤー!!」

光《ひかり》の中《なか》で、思《おも》いきり両手《りょうて》を広《ひろ》げる柚月《ゆづき》くん。

「ハッピーニューイヤー！」

「あけましておめでとう！」

「おめでとう！」

わたしたちも、口々《くちぐち》にそう言《い》ってハイタッチ。

いつのまにか、頭上《ずじょう》の星《ほし》は消《き》えていた。

朝日《あさひ》が昇《のぼ》るにつれて、まわりの森《もり》も、山《やま》も、海《うみ》も、たくさんの人《ひと》たちが住《す》む街《まち》も、光《ひかり》に包《つつ》まれて生《い》き生《い》きと輝《かがや》きはじめる。
そんな光景《こうけい》をながめているうちに、ふと、思《おも》った。
〝人間《にんげん》〟て、小《ちい》さいんだな……って。
この広《ひろ》い世界《せかい》の中《なか》では、わたしたちは小《ちい》さな、ちっぽけな存在《そんざい》だ。
だけど、そのひとりひとりが、
笑《わら》ったり、泣《な》いたり、悩《なや》んだり、
夢《ゆめ》を見《み》たり、恋《こい》をしたり……、
せいいっぱい、生《い》きている。
せいいっぱい、自分《じぶん》の人生《じんせい》を生《い》きている。
だから、きっと、世界《せかい》は美《うつく》しく見《み》えるんだ。

「伊吹《いぶき》くん。」

まぶしい光《ひかり》に目《め》を細《ほそ》めて、大切《たいせつ》な人《ひと》の名前《なまえ》を呼《よ》ぶ。

「栞《しおり》、柚月《ゆづき》くん。」

いつも側《そば》にいてくれた、支《ささ》えてくれた人《ひと》たちと、
これからも、何度《なんど》でも、一緒《いっしょ》に新《あたら》しい年《とし》をむかえられますように。
一緒《いっしょ》に、大人《おとな》になっていけますように。
願《ねが》いを込《こ》めて、

ハッピーニューイヤー！
これからも、よろしく!!

16

きみと100年《ねん》の恋《こい》

「きゃ――、天音《あまね》、キレイ!!」

更衣室《こういしつ》がわりの空《あ》き教室《きょうしつ》。

着《き》がえをすませたわたしを見《み》て、栞《しおり》がそう言《い》ってくれた。

「ヤバいよ！　めっちゃ似合《にあ》ってる！」

「え……、そうかなあ。」

栞《しおり》の言葉《ことば》はうれしいけど、正直《しょうじき》、照《て》れくさい。

だって……。

今《いま》のわたしは、純白《じゅんぱく》のドレスにフワフワのヴェールと髪《かみ》かざり。

どこからどう見《み》ても、花嫁さんの格好《かっこう》なの！

どうして……って？

あのね、今日《きょう》は、鎌倉南高校《かまくらみなみこうこう》の文化祭《ぶんかさい》、「南高祭《なんこうさい》」。

今年《ことし》から、生徒会主催《せいとかいしゅさい》の新企画《しんきかく》として、「ベストカップルコンテスト」っていうのが開催《かいさい》されることになって、
事前《じぜん》に行《おこな》われた校内投票《こうないとうひょう》で、伊吹《いぶき》くんとわたしが、「南高《みなみこう》のベストカップル」に選《えら》ばれちゃったんだよ〜〜っ!!

それで、文化祭《ぶんかさい》の閉会式《へいかいしき》の時《とき》、ウェディングドレスとタキシード姿《すがた》で、校舎《こうしゃ》の屋上《おくじょう》に立《た》つことに……！

「そんなはずかしいことができるか！」

って、伊吹《いぶき》くんは抵抗《ていこう》してたけど。

結局《けっきょく》、生徒会《せいとかい》の子《こ》たちに押《お》しきられちゃったんだ。

わたしもはずかしいけど、こうなったらもう、ひらきなおるしかない。

この文化祭《ぶんかさい》が終《お》わったら、大学受験《だいがくじゅけん》にむけて、本格的《ほんかくてき》に受験勉強《じゅけんべんきょう》に取《と》りくまなきゃならないんだものね。

高校生活《こうこうせいかつ》の、いい思《おも》い出《で》になるかも？

高校《こうこう》三年《ねん》の、六月末《がつまつ》。

「チームメロス」の四人《にん》で、一緒《いっしょ》に「初日《はつひ》の出《で》」を見《み》たあのお正月《しょうがつ》からは、一年半《ねんはん》がすぎている。

ついこのあいだ高校《こうこう》に入学《にゅうがく》したような気《き》がするのに、もう三年生《ねんせい》だなんて、早《はや》いなあ。

高一《こう》の秋《あき》にうけた手術《しゅじゅつ》のあとも、一応《いちおう》、定期的《ていきてき》な検査《けんさ》はうけているけれど、わたしはもちろん元気《げんき》いっぱい！

〝後遺症《こういしょう》〟の手足《てあし》の麻痺《まひ》もすっかり回復《かいふく》して、今《いま》ではもう、部活《ぶかつ》で毎日弓《まいにちゆみ》を引《ひ》いてるよ。

三年生《ねんせい》はもうすぐ部活《ぶかつ》も引退《いんたい》になるけれど、伊吹《いぶき》くんとわたしがめざしている大学《だいがく》にも、弓道部《きゅうどうぶ》があるんだって。

大学《だいがく》に入《はい》っても、ずっと弓道《きゅうどう》はつづけたいな。

っていうか、その前《まえ》に、大学《だいがく》に合格《ごうかく》しなきゃだけどね！

伊吹《いぶき》くんは医学部《いがくぶ》、わたしは看護学部《かんごがくぶ》。

まずは伊吹《いぶき》くんと同《おな》じ大学《だいがく》に入《はい》ることが、今《いま》の〝目標《もくひょう》〟なの。

そうそう、〝目標《もくひょう》〟っていえばね、
中学時代《ちゅうがくじだい》は、『天音《あまね》の夢《ゆめ》ノート』と名《な》づけたノートに、いろんな〝夢《ゆめ》〟や〝目標《もくひょう》〟を書《か》いていたっけ。

「明《あか》るくて元気《げんき》な女《おんな》の子《こ》になりたい」とか、

「今《いま》までできなかったことにチャレンジしたい」とか、

「言《い》いたいことを、ちゃんと言《い》えるようになりたい」

……とかね。

横浜《よこはま》に引《ひ》っこしてくる前《まえ》のわたしは、内気《うちき》で引《ひ》っこみじあんな女《おんな》の子《こ》だったから。

このノートに書《か》いた〝夢《ゆめ》〟や〝目標《もくひょう》〟を叶《かな》えることで、そんな自分《じぶん》を変《か》えてきたの。

でも、
今《いま》のわたしは、もう『夢《ゆめ》ノート』がなくても大丈夫《だいじょうぶ》。

言葉《ことば》にはしなくても、なりたい「自分《じぶん》」になるためにがんばれるよ！

「天音《あまね》──っ、準備《じゅんび》できた⁉」

ガラッ！

ノックもそこそこに教室《きょうしつ》のドアが開《ひら》いて、ゆるふわロングヘアの女《おんな》の子《こ》が飛《と》び込《こ》んできた。

弓道部《きゅうどうぶ》の部活仲間《ぶかつなかま》、月島莉子《つきしまりこ》ちゃんだ。

「やだ――っ!!　すごいキレイじゃん!!」

わたしを見《み》るなり、バッチリメイクの大《おお》きな目《め》を見《み》はる莉子《りこ》ちゃん。

「いいな――っ！　生徒会《せいとかい》が用意《ようい》した衣装《いしょう》、こんなに本格的《ほんかくてき》だとは思《おも》わなかったよ。わたしも着《き》たかった〜〜〜っ!!」

「残念《ざんねん》だったね、莉子《りこ》ちゃん。惜《お》しくも〝次点《じてん》〟で。」

むくれる莉子《りこ》ちゃんに、栞《しおり》が苦笑《くしょう》しながら言《い》う。

「ホントだよ！　くやしい〜〜っ！　でも、まあ、正確《せいかく》にいうと、わたしと御園《みその》は、カッ、プ、ルじゃないんだけどさ。」

う――ん、たしかに。

今回《こんかい》の「ベストカップルコンテスト」の投票《とうひょう》で二位《い》になったのは、莉子《りこ》ちゃんと、同《おな》じく、弓道部《きゅうどうぶ》の御園梗介《みそのきょうすけ》くん。

じつはね、高一《こう》の時《とき》に、莉子《りこ》ちゃんは御園《みその》くんに告白《こくはく》したことがあるの。

でも、御園《みその》くんが好《す》きなのは、伊吹《いぶき》くんだから……。

「彼女《かのじょ》」にはなれなかったんだけど、いい「友《とも》だち」になったんだよ。

ふたり、けっこう気《き》があってて仲《なか》がいいから、端《はた》からは「カップル」に見《み》えてるみたいなの。

「そろそろ、閉会式《へいかいしき》が始《はじ》まる時間《じかん》だよ。伊吹《いぶき》くんのほうも準備《じゅんび》オッケー！　御園《みその》が、タキシードを着《き》せるのに苦労《くろう》してたけどね。」

莉子《りこ》ちゃんが、からかうようにニンマリ笑《わら》った。

「天音《あまね》、ホレなおしちゃうかもよ？」

鎌倉南高校《かまくらみなみこうこう》は、課外活動《かがいかつどう》が盛《さか》んで、お祭《まつ》り好《ず》きな校風《こうふう》でも知《し》られているの。

文化祭《ぶんかさい》や体育祭《たいいくさい》、秋《あき》の合唱《がっしょう》コンクールなど、イベントには全力投球《ぜんりょくとうきゅう》！

「南高祭《なんこうさい》」は、土《ど》・日《にち》の二日間《ふつかかん》にわたって開催《かいさい》されて、日曜日《にちようび》は、外部《がいぶ》の人《ひと》も入校《にゅうこう》できることになっている。

他校生《たこうせい》や、近隣《きんりん》の人《ひと》たちも大勢《おおぜい》やってきて盛《も》り上《あ》がるんだ。

そのクライマックスの閉会式《へいかいしき》にでるなんて、やっぱりキンチョーしちゃうな。

しかも、こんな格好《かっこう》で……。

「わっ、天音《あまね》ちゃん！　キレイだね。本物《ほんもの》の花嫁《はなよめ》さんみたいだ！」

廊下《ろうか》にでると、ちょうどとなりの教室《きょうしつ》からでてきた御園《みその》くんが、わたしを見《み》て切《き》れ長《なが》の目《め》を大《おお》きくした。

女子《じょし》にやさしい御園《みその》くんは、そういうセリフもサラッと口《くち》にできちゃうんだよね。

「伊吹《いぶき》もきっとびっくりするよ！　ホラ、伊吹《いぶき》！　いいかげん覚悟《かくご》を決《き》めてでてこいって。」

「え～～、マジでカンベンしてほしいんだけど。こんな七五三みたいなカッコ……。」

御園《みその》くんにうながされて、伊吹《いぶき》くんが、ブチブチ言《い》いながら教室《きょうしつ》から姿《すがた》をあらわした。

「あ、天音《あまね》？」

廊下《ろうか》に立《た》っているわたしに気《き》づいて、伊吹《いぶき》くんの足《あし》がとまる。

スラリとした長身《ちょうしん》に、上下白《じょうげしろ》のタキシード。

あんまり大人《おとな》っぽくてカッコよくて、言葉《ことば》がでない。

「………。」

少《すこ》しのあいだ、だまってその場《ば》につっ立《た》って、お互《たが》いの姿《すがた》をながめているわたしたち。

先《さき》に、その空気《くうき》を破《やぶ》って、
伊吹《いぶき》くんが、ぎこちない声《こえ》で言《い》ってくれた。

「似合《にあ》ってる。」

……って。

照《て》れくさそうに、たったひと言《こと》。


今日《きょう》は、梅雨《つゆ》の合間《あいま》の、貴重《きちょう》ないいお天気《てんき》。

校舎《こうしゃ》の屋上《おくじょう》からは、西日《にしび》に照《て》らされてきらめく、ハチミツ色《いろ》の海《うみ》が見《み》える。

その上《うえ》にポッカリ浮《う》かぶ江《え》の島《しま》も。

毎日見《まいにちみ》ていても、少《すこ》しもあきることのない、大好《だいす》きな景色《けしき》。

「アナウンスがあったら、フェンスの側《そば》に立《た》って、おふたりで手《て》をふってくださいね。」

屋上出口《おくじょうでぐち》の横《よこ》にスタンバイしているわたしたちに、生徒会役員《せいとかいやくいん》の二年生《ねんせい》が言《い》った。

ああ……、なんか思《おも》いだしちゃうな。

二年前《ねんまえ》の文化祭《ぶんかさい》の時《とき》のこと。

「南高祭《なんこうさい》」には、生徒会主催《せいとかいしゅさい》の「未成年《みせいねん》の主張《しゅちょう》」っていう名物《めいぶつ》イベントがあってね、みんなの前《まえ》で何《なに》か言《い》いたいことのある生徒《せいと》が、校舎《こうしゃ》の屋上《おくじょう》から大声《おおごえ》で叫《さけ》ぶの。

自分《じぶん》の〝夢《ゆめ》〟とか、先生《せんせい》への〝意見《いけん》〟とか、好《す》きな人《ひと》への〝告白《こくはく》〟とか、なんでもいいんだけど。

高《こう》一の「南高祭《なんこうさい》」で、わたしもこのイベントに参加《さんか》したんだ。

その時《とき》、ちょっとした理由《わけ》があって、伊吹《いぶき》くんへの〝愛《あい》〟を、思《おも》いっきり叫《さけ》んじゃったんだよね。

めちゃくちゃはずかしい思《おも》い出《で》だけど、そのおかげで、伊吹《いぶき》くんとわたしは、学校中《がっこうじゅう》の「公認《こうにん》カップル」になれたの。

今回《こんかい》、「南高《みなみこう》のベストカップル」に選《えら》ばれたのも、もとはといえば、あの「未成年《みせいねん》の主張《しゅちょう》」がキッカケだったのかも……？


校庭《こうてい》からは、マイクを通《とお》して生徒会長《せいとかいちょう》のあいさつがきこえてくる。

大勢《おおぜい》のギャラリーのざわめきと熱気《ねっき》。

閉会式《へいかいしき》はクライマックス。

もうすぐ、わたしたちの出番《でばん》のはず、
なんだけど……。

「柚月《ゆづき》もきてるんだよな。」

出番直前《でばんちょくぜん》、顔《かお》をしかめてタメ息《いき》をつく伊吹《いぶき》くん。

「あいつ、ぜったい爆笑《ばくしょう》する。」

「伊吹《いぶき》くん……。」

「でも、まあ。」

わたしにむきなおって、ふと、「彼《かれ》」がイタズラっぽい微笑《えみ》を浮《う》かべた。

「〝予行練習《よこうれんしゅう》〟だと思《おも》えばいいか。」

「予行練習《よこうれんしゅう》？」

「本番の。」

「あ……！」


『それでは、いよいよ、閉会式《へいかいしき》のメインイベント！　〝南高《みなみこう》のベストカップル〟に選《えら》ばれたおふたりに、ご登場《とうじょう》いただきましょう！』

司会進行《しかいしんこう》の女生徒《じょせいと》の、高《たか》らかなアナウンスが空《そら》にひびく。

『楠本伊吹《くすもといぶき》くん、鈴原天音《すずはらあまね》さんです！』

「天音《あまね》。」

まっすぐにわたしを見《み》つめて、伊吹《いぶき》くんが手《て》をさしだす。

大好《だいす》きな瞳《ひとみ》を見返《みかえ》して、その手《て》をとった。

「いくか。」

「うん。」

潮《しお》の香《かお》りのする風《かぜ》が、純白《じゅんぱく》のヴェールを揺《ゆ》らす。
いつか、本当《ほんとう》にこの衣装《ドレス》を着《き》る日《ひ》を思《おも》い描《えが》きながら、
わたしは、伊吹《いぶき》くんと並《なら》んで歩《ある》きだした。

ねえ、伊吹《いぶき》くん。
わたし、以前《まえ》は思《おも》ってた。
もしも、あと三年《ねん》しか生《い》きられないとしても、みんなの100年分《ねんぶん》生《い》きようって。
大人《おとな》になるのを、ゆっくり待《ま》ってはいられないから、
一年《ねん》でも、二年《ねん》でも、
100年分《ねんぶん》に思《おも》えるくらいの〝恋《こい》〟がしたい……って。
でもね、今《いま》はもう、ちがうんだ。
わたしは、ずっと伊吹《いぶき》くんに恋《こい》をする。
何年《なんねん》でも、何十年《なんじゅうねん》でも、
ずっと、〝未来《みらい》〟まで……。

たったひとり、かけがえのない、
きみと、100年《ねん》の恋《こい》をしよう。

あとがき

こんにちは、折原《おりはら》みとです。
「100恋《ひゃっこい》」シリーズ、十四巻目《かんめ》。
『きみと100年分《ねんぶん》の恋《こい》をしよう　きみと100年《ねん》の恋《こい》』、
ついに……、
ついに、シリーズ完結《かんけつ》です！
二〇二〇年《ねん》四月《がつ》にスタートしてから、なんと五年近《ねんちか》く。
こんなに長《なが》い物語《ものがたり》になるなんて、自分《じぶん》でも思《おも》っていませんでした。
ここまで書《か》きつづけてこられたのは、みなさんの応援《おうえん》のおかげです。
ありがとうございました！
全《ぜん》十四巻《かん》のシリーズで、中学《ちゅうがく》二年生《ねんせい》だった天音《あまね》たちは、高校《こうこう》三年生《ねんせい》に。
その間《あいだ》に、いろんなことがあって。

いろんなことを乗《の》りこえて。

内気《うちき》だった天音《あまね》が、少《すこ》しずつ強《つよ》くなって。

天音《あまね》と伊吹《いぶき》くんの心《こころ》が、しっかりと結《むす》ばれていって……。

そんなふたりや、「チームメロス」の成長《せいちょう》を描《えが》いてきた時間《じかん》は、作者《さくしゃ》のわたしも、天音《あまね》たちと一緒《いっしょ》に学校生活《がっこうせいかつ》を送《おく》っていたような気持《きも》ちで、とてもシアワセでした。

「三年生存率《ねんせいぞんりつ》、七〇パーセント」。

もしかしたら、三年後《ねんご》には生《い》きていられないかもしれない。

そんな病気《びょうき》を抱《かか》えた天音《あまね》は、一年《ねん》でも、二年《ねん》でも、「100年分《ねんぶん》に思《おも》えるような恋《こい》」をしたいと願《ねが》っていました。

でも、病気《びょうき》と闘《たたか》って乗《の》りこえた天音《あまね》は、伊吹《いぶき》くんと歩《ある》いていく〝未来《みらい》〟を手《て》にしたんですよね。

「い、い、い、「100年分」じゃなくて、本当《ほんとう》に「100年《ねん》の恋《こい》」。

ふたりは、これからも、ずっと恋《こい》をしつづけるんじゃないかな。

ラストシーンの、ふたりのウェディング姿《すがた》は、いつか現実《げんじつ》のものになるはず！

そして、もしかしたら、「ゆづしお」もいつかは……？

なんて、想像《そうぞう》してみてくださいね♡

シリーズが終《お》わるのはちょっとさみしいけど、お別《わか》れじゃありません。

みなさんの心《こころ》の中《なか》で、みなさんと一緒《いっしょ》に、天音《あまね》たちが大人《おとな》になっていったらいいな。

今回《こんかい》の巻末《かんまつ》おまけは、「100恋思《ひゃっこいおも》い出《で》のアルバム」。

なつかしいイラストで、今《いま》までの物語《ものがたり》をふりかえってくださいね。

お忙《いそが》しい中《なか》、シリーズを通《とお》してステキなイラストを描《か》きつづけてくださったフカヒレさん、ありがとうございました!!

「100恋《ひゃっこい》」を書《か》く時《とき》、いつもわたしの頭《あたま》の中《なか》では、フカヒレさんのイラストの天音《あまね》たちが、泣《な》いたり笑《わら》ったりしていました。

一巻《かん》から十四巻《かん》までのカバーイラスト、どれも大好《だいす》きだけど、この最終巻《さいしゅうかん》の、最高《さいこう》にシアワセそうなふたりに大感激《だいかんげき》です！

フカヒレさん、医療監修《いりょうかんしゅう》をしてくださった埼玉小児医療《さいたましょうにいりょう》センターの福岡講平先生《ふくおかこうへいせんせい》、歴代《れきだい》の編集《へんしゅう》さん、シリーズにかかわってくださった方《かた》たちにも、心《こころ》からの感謝《かんしゃ》を。
そして、何《なに》よりも、
ずっと天音《あまね》たちを応援《おうえん》してくださったみなさんに、感謝《かんしゃ》と愛《あい》をこめて。
本当《ほんとう》に、ありがとうございました！
さて、
今《いま》、新《あたら》しいシリーズを考《かんが》えているところです。
楽《たの》しみにしていてくださいね！
またお会《あ》いできる日《ひ》まで、お元気《げんき》で♡

折原《おりはら》みと

special《スペシャル》 おまけ

100恋 思い出のアルバム

中学2年の6月。
伊吹くんと、夕陽を見にいった日。わたしの心に、伊吹くんへの恋が生まれた日♡
忘れられない記念日だよ！

中2の夏休み。

チームメロスの4人で、

八景島シーパラダイスへ!!

みんなで、おそろいの

シャープペンシルを買ったの。

中2の夏の終わり。

花火大会の時、

伊吹くんが、はじめて

わたしを「天音」って

呼んでくれたんだ♡

中2の11月。

江の島への校外学習。

中2の12月。

14歳の誕生日に、

伊吹くんと横浜デート♡

観覧車の中で、伊吹くんが

バースデープレゼントのバレッタを

髪につけてくれたの。

しおりんが
オレに抱きついて
きたんだよなー。
し…
しらないよ!!
中2の2月。
バレンタインデーに、栞と
柚月くんが、カップルに
なったの!!
中3の6月。
チームメロスの
初ダブルデートで
横須賀へ!!

中3の6月。

伊吹くんの15歳のバースデー。雨の公園でファーストキス‥‥♡

中3の夏休み。

ひとりで安曇野に残っていたわたしに、伊吹くんが横浜から会いにきてくれたの!! びっくりしたけど、すごくうれしかった♡

伊吹くんとふたりで虹を見た日。
わたしは、未来にかかわる大きな決意をしたの!

長いあいだ、
ありがとうございました!!
新シリーズも、
よろしくお願い
いたします♡

本気《ほんき》の恋《こい》がしたい

①

天音《あまね》と伊吹《いぶき》の〝運命《うんめい》の恋《こい》〟に、ドキドキがとまらない!!

わたし、鈴原天音《すずはらあまね》。じつは、わたしの頭《あたま》の中《なか》には爆弾《ばくだん》があるの。3年生存率《ねんせいぞんりつ》70パーセント……3年後《ねんご》、生《い》きていられるかどうかわからない。だから、せいいっぱい今《いま》を生《い》きようって決《き》めたんだ。わたしね、ずっと夢見《ゆめみ》てた。好《す》きな人《ひと》ができたら、世界《せかい》でいちばんの恋《こい》をしたいって。だって、大人《おとな》になるまで待《ま》っていられないから。1年《ねん》でも2年《ねん》でも、〝100年分《ねんぶん》に思《おも》える恋《こい》〟がしたい！

ついに完結《かんけつ》!

②

本当《ほんとう》の恋《こい》のはじまり

わたし、鈴原天音《すずはらあまね》。病気《びょうき》で3年後《ねんご》まで生《い》きていられるかどうかわからない。だから、毎日《まいにち》をせいいっぱい生《い》きようって決心《けっしん》してるんだ。そして夏休《なつやす》み、伊吹《いぶき》くんたちとテーマパークに遊《あそ》びにいくことになったの。でも最高《さいこう》に楽《たの》しい一日《いちにち》の終《お》わりに、最悪《さいあく》のアクシデントが起《お》こってしまった。わたしのせいで伊吹《いぶき》くんが……！　だからわたし、決《き》めたんだ。初恋《はつこい》に「さよなら」しようって。

③

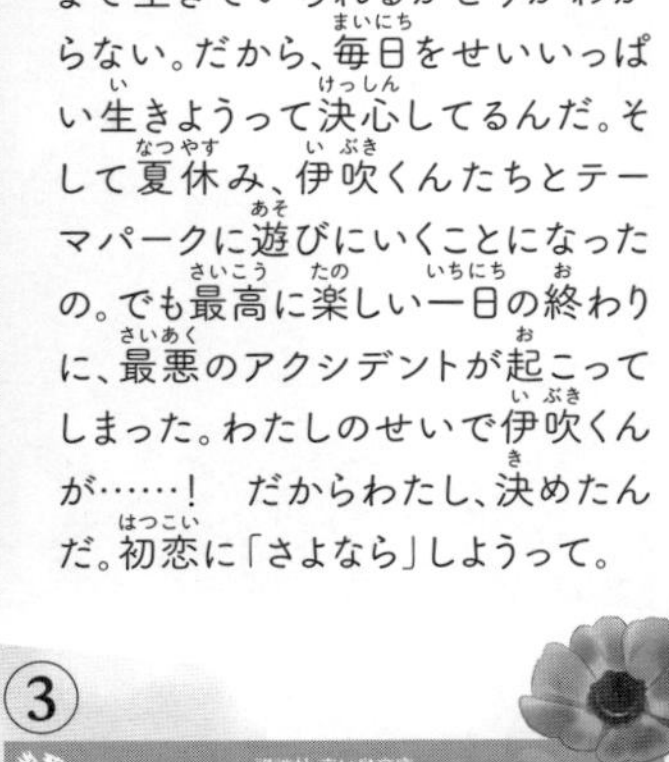

彼《かれ》のための決意《けつい》

わたし、鈴原天音《すずはらあまね》。夏《なつ》の終《お》わりの最高《さいこう》にうれしいできごと♡を胸《むね》に、2学期《がっき》をむかえたの！　でもある日《ひ》、〝大事件《だいじけん》〟が起《お》こって、女王《じょおう》さまの杏奈《あんな》がぼっちに転落《てんらく》……。「天敵《てんてき》」だった杏奈《あんな》だけど、伊吹《いぶき》くんに〝過去《かこ》〟をきいてから、なんだかほっておけなくて。それでね、わたし〝あること〟を決意《けつい》したんだ！　そして、合唱《がっしょう》コンクールの日《ひ》、伊吹《いぶき》くんから「話《はなし》があるんだ。」って……いったい何《なに》!?

④

彼女《かのじょ》になりました!

わたし、鈴原天音《すずはらあまね》。あのね、伊吹《いぶき》くんから「好《す》きだ。」って言《い》われて、つきあうことになったの!!　もう夢《ゆめ》みたい♡　でも、校外学習《こうがいがくしゅう》でのあるできごとがきっかけで、親友《しんゆう》の栞《しおり》がわたしをさけるようになって。どうしたらいいの!?　その上《うえ》、この頃《ごろ》、身体《からだ》の調《ちょう》子《し》が変《へん》なんだ……これって、もしかして病《びょう》気《き》が再発《さいはつ》!?　いやだ、生《い》きていたいよ!　この恋《こい》も友情《ゆうじょう》も取《と》りあげないで……神《かみ》さま、お願《ねが》い!!

⑤

初《はつ》デートで胸《むね》キュン♥

わたし、鈴原天音《すずはらあまね》。誕生日《たんじょうび》にね、伊吹《いぶき》くんと初《はつ》デートすることになったの!　うれしくてドキドキ♡　でも、思《おも》いもかけないことがつぎつぎ起《お》こって、大《だい》ピンチ!　それに、新年《しんねん》早々《そうそう》、わたしのせいで、伊吹《いぶき》くんから「もうつきあえないから。」って……。ウソでしょ?　いやだよ。わたし、彼女失格《かのじょしっかく》になっちゃったの……!?　そんなある日《ひ》、全校生徒《ぜんこうせいと》の前《まえ》で伊吹《いぶき》くんがとったオドロキの行動《こうどう》とは?

6

バレンタインに何《なに》が!?

わたし、鈴原天音《すずはらあまね》。もうすぐ、伊吹《いぶき》くんとおつきあいしてはじめてのバレンタイン！　ソワソワ、ワクワクの毎《まい》日《にち》♡　この日《ひ》をキッカケに、親友《しんゆう》の栞《しおり》と柚月《ゆづき》くんの仲《なか》も進展《しんてん》したらいいなって、ひそかに思《おも》ってるんだ。そんな時《とき》、3年生《ねんせい》の「キラキラ王子《おうじ》」冬也《とうや》先輩《せんぱい》がわたしに急接近《きゅうせっきん》！　その上《うえ》、柚月《ゆづき》くんの身《み》に大事件《だいじけん》が!!　わたしたちのバレンタインは？　栞《しおり》と柚月《ゆづき》くんの恋《こい》は、どうなっちゃうの!?

7

コンプレックスに負《ま》けない！

わたし、鈴原天音《すずはらあまね》。中学《ちゅうがく》3年生《ねんせい》になった春《はる》、「星中一《ほしちゅういち》の美少女《びしょうじょ》」萌花《もか》ちゃんが美術部《びじゅつぶ》に入部《にゅうぶ》したことがキッカケで、またまた学校生活《がっこうせいかつ》は大《おお》さわぎ！　え？　わたしが「文化部発《ぶんかぶはっ》表会《ぴょうかい》」で舞台《ぶたい》デビュー!?　あの伊吹《いぶき》くんが、アクションの熱血指導《ねっけつしどう》って!?　そんなある日《ひ》、LINE《ライン》の〝罠《わな》〟にハメられたわたしは、大《だい》ピンチに……!!　コンプレックスなんかに負《ま》けたくない！　恋《こい》のパワーで、がんばります♡

⑧

彼《かれ》のために強《つよ》くなりたい！

わたし、鈴原天音《すずはらあまね》。「チームメロス」の４人《にん》で、はじめてのダブルデート♡　ハプニングもあったけど、楽《たの》しい一日《いちにち》。でも、その帰《かえ》り道《みち》、たいへんな〝事故《じこ》〟に遭遇《そうぐう》してしまったの。それがキッカケで、わたしと伊吹《いぶき》くんの恋《こい》に、最大《さいだい》の危機《ピンチ》が……!!　わたし、ずっと伊吹《いぶき》くんのそばにいたい！　そのために強《つよ》くなりたい!!　そして、そんな時《とき》、わたしたちの前《まえ》にあらわれた、意外《いがい》な人物《じんぶつ》とは……？

⑨

いつだって心《こころ》は一緒《いっしょ》♥

わたし、鈴原天音《すずはらあまね》。中《ちゅう》3の夏休《なつやす》み、「チームメロス」のみんなと、長野《ながの》のおばあちゃんの家《いえ》にいくことになったの！　2泊3日《はくみっか》のお泊《と》まり旅行《りょこう》にワクワク♡　でも、ある事情《じじょう》から、わたしだけが長野《ながの》に残《のこ》ることに。伊吹《いぶき》くんと会《あ》えない1週間《しゅうかん》に、わたしが出会《であ》った人《ひと》たちとは？　わたしの胸《むね》にめばえたものは？　そして、夏《なつ》の終《お》わりに何《なに》が起《お》こる……!?　伊吹《いぶき》くん、離《はな》れていても、いつも心《こころ》は一緒《いっしょ》だよね。

⑩

親友《しんゆう》の力《ちから》になりたい！

わたし、鈴原天音《すずはらあまね》。伊吹《いぶき》くんと同《おな》じ高校《こうこう》をめざす決心《けっしん》をした、中《ちゅう》3の秋《あき》。「チームメロス」に大事件《だいじけん》が起《お》こったの！　酔《よ》っぱらいに絡《から》まれた栞《しおり》を助《たす》けて、柚月《ゆづき》くんが大《おお》ケガ!!　その上《うえ》、さらなる試練《しれん》が訪《おとず》れて……。責任《せきにん》を感《かん》じて、柚月《ゆづき》くんに別《わか》れを告《つ》げた栞《しおり》。えっ、ウソでしょう!?　そんなのダメだよ！　どうしよう、伊吹《いぶき》くん。大切《たいせつ》な親友《しんゆう》「ゆづしお」の危機《きき》！　わたしたちには、何《なに》ができる……!?

⑪

ふたりなら乗《の》り越《こ》えられる！

わたし、鈴原天音《すずはらあまね》。高校入試《こうこうにゅうし》も間近《まぢか》にせまった中《ちゅう》3の冬《ふゆ》。自信《じしん》をなくして落《お》ちこんだりしながらも、伊吹《いぶき》くんに支《ささ》えられてがんばってます！　でも、勝負《しょうぶ》の入試前日《にゅうしぜんじつ》にトラブル発生《はっせい》！　私立《しりつ》の入試《にゅうし》に落《お》ちた杏奈《あんな》が、ヤケになって……!?　入試《にゅうし》は明日《あした》だけどほっとけないよ……！　わたしたちの試験《しけん》の結果《けっか》は？　そして、卒業式《そつぎょうしき》を前《まえ》に、わたしと伊吹《いぶき》くんは……？

「100恋《ひゃっこい》」中学生編《ちゅうがくせいへん》、クライマックス！

もう一《いち》度《ど》
スタートライン！

わたし、鈴原天音《すずはらあまね》。あこがれの高校《こうこう》に入学《にゅうがく》した春《はる》、伊吹《いぶき》くんと一緒《いっしょ》に弓道部《きゅうどうぶ》に入部《にゅうぶ》したの！　期待《きたい》でいっぱいの高校生活《こうこうせいかつ》。クラスメイトの御園梗介《みそのきょうすけ》くんは、伊吹《いぶき》くんの小学校時代《しょうがっこうじだい》の友《とも》だちでびっくり！　だけど御園《みその》くんには重大《じゅうだい》な〝秘密《ひみつ》〟が……!?　その上《うえ》、文化《ぶんか》祭《さい》を前《まえ》に、わたしたち3人《にん》の「三角関係《さんかくかんけい》」のウワサが立《た》ってしまって……どうしたらいいの!?　ドキドキの高校生編《こうこうせいへん》スタートです♡

⑬

この手《て》をはなさない！

わたし、鈴原天音《すずはらあまね》。高《こう》1の夏休《なつやす》み、弓《きゅう》道部《どうぶ》の合宿《がっしゅく》でワクワク！　でも、クラスメイトの莉子《りこ》ちゃんが、「和風王子《わふうおうじ》」の御園《みその》くんに告白《こくはく》して、失恋《しつれん》しちゃったの。だって、御園《みその》くんが好《す》きなのは、伊吹《いぶき》くんなんだもの！　とうとう本当《ほんとう》の気持《きも》ちを打《う》ち明《あ》けた御園《みその》くんに、伊吹《いぶき》くんは……？　〝恋《こい》〟と〝友情《ゆうじょう》〟が輝《かがや》く季節《きせつ》。だけど、そんな夏《なつ》の終《お》わりに、わたしには信《しん》じられないショックな出来事《できごと》が……!!

＊著者紹介

折原《おりはら》みと

1985年に少女マンガ家として、87年に小説家としてデビュー。91年刊行の小説『時の輝き』が110万部のベストセラーとなる。講談社ホワイトハートの人気シリーズ『アナトゥール星伝』や同コミック版（ポプラ社）、KCデザートコミックス『天使のいる場所〜Dr.ぴよこの研修ノート』『永遠の鼓動《おと》』、小説『制服のころ、君に恋した。』『天国の郵便ポスト』『幸福のパズル』（以上、講談社）『乙女の花束』『乙女の初恋』（ともにポプラ社）といったマンガ、小説の他、エッセイ、絵本、詩集、料理本、CDなどで幅広く活躍。

＊画家紹介

フカヒレ

北海道出身。最近の仕事に「十歳の最強魔導師」シリーズ挿絵、「すとぷり」キービジュアル、VTuber「戌神ころね」キャラクターデザインなど。

取材協力／福岡講平（埼玉県立小児医療センター）

この作品は書き下ろしです。

読者のみなさまからのお便りをお待ちしています。
下のあて先まで送ってくださいね。
いただいたお便りは、編集部から著者へおわたしいたします。
〒112-8001 東京都文京区音羽2-12-21 講談社 青い鳥文庫編集部

講談社 青い鳥文庫

きみと100年分《ねんぶん》の恋《こい》をしよう
きみと100年《ねん》の恋《こい》
折原《おりはら》みと

2025年1月15日 第1刷発行
2025年4月3日 第2刷発行

(定価はカバーに表示してあります。)

発行者 安永尚人
発行所 株式会社講談社
東京都文京区音羽2-12-21 郵便番号112-8001
電話 編集 (03) 5395-3536
販売 (03) 5395-3625
業務 (03) 5395-3615

N.D.C.913 206p 18cm
装 丁 長﨑 綾 (next door design)
久住和代
印 刷 TOPPANクロレ株式会社
製 本 TOPPANクロレ株式会社
本文データ制作 講談社デジタル製作

(落丁本・乱丁本は、購入書店名を明記のうえ、小社業務あてにお送りください。送料小社負担にておとりかえします。)

■この本についてのお問い合わせは、青い鳥文庫編集まで、ご連絡ください。

ISBN978-4-06-538023-9

「講談社《こうだんしゃ》 青《あお》い鳥文庫《とりぶんこ》」刊行《かんこう》のことば

太陽《たいよう》と水《みず》と土《つち》のめぐみをうけて、葉《は》をしげらせ、花《はな》をさかせ、実《み》をむすんでいる森《もり》。小《こ》鳥《とり》や、けものや、こん虫《ちゅう》たちが、春《はる》・夏《なつ》・秋《あき》・冬《ふゆ》の生活《せいかつ》のリズムに合《あ》わせてくらしている森《もり》。森《もり》には、かぎりない自然《しぜん》の力《ちから》と、いのちのかがやきがあります。

本《ほん》の世界《せかい》も森《もり》と同《おな》じです。そこには、人間《にんげん》の理想《りそう》や知恵《ちえ》、夢《ゆめ》や楽《たの》しさがいっぱいつまっています。

本《ほん》の森《もり》をおとずれると、チルチルとミチルが「青《あお》い鳥《とり》」を追《お》い求《もと》めた旅《たび》で、さまざまな体験《たいけん》を得《え》たように、みなさんも思《おも》いがけないすばらしい世界《せかい》にめぐりあえて、心《こころ》をゆたかにするにちがいありません。

「講談社《こうだんしゃ》 青《あお》い鳥文庫《とりぶんこ》」は、七十年《ねん》の歴史《れきし》を持《も》つ講談社《こうだんしゃ》が、一人《ひとり》でも多《おお》くの人《ひと》のために、すぐれた作品《さくひん》をよりすぐり、安《やす》い定価《ていか》でおおくりする本《ほん》の森《もり》です。その一さつ一さつが、みなさんにとって、青《あお》い鳥《とり》であることをいのって出版《しゅっぱん》していきます。この森《もり》が美《うつく》しいみどりの葉《は》をしげらせ、あざやかな花《はな》を開《ひら》き、明日《あす》をになうみなさんの心《こころ》のふるさととして、大《おお》きく育《そだ》つよう、応援《おうえん》を願《ねが》っています。

昭和《しょうわ》五十五年《ねん》十一月《がつ》

講談社